여하튼 걸어보기로 했다

여하튼 걸어보기로 했다

초 판 1쇄 2023년 10월 12일

지은이 보
펴낸이 류종렬

펴낸곳 미다스북스
본부장 임종익
편집장 이다경
책임진행 김가영, 신은서, 박유진, 윤가희, 윤서영, 이예나

등록 2001년 3월 21일 제2001-000040호
주소 서울시 마포구 양화로 133 서교타워 711호
전화 02) 322-7802~3
팩스 02) 6007-1845
블로그 http://blog.naver.com/midasbooks
전자주소 midasbooks@hanmail.net
페이스북 https://www.facebook.com/midasbooks425
인스타그램 https://www.instagram/midasbooks

© 보, 미다스북스 2023, *Printed in Korea*.

ISBN 979-11-6910-345-9 03810

값 24,000원

121만 보쯤에서
깨달은
어느 순례자의
찌질한 기록

여하튼 걸어보기로 했다

글 / 그림 / 걸음

보

미다스북스

일러두기

1. 이 글은 2022년 여름, 산티아고 순례길 위에서의 여행기를 다루고 있습니다.
2. 저작자의 의도와 말맛을 살리기 위해 일부 속어 등은 그대로 사용했습니다.
3. 실화를 바탕으로 저작되었으나 등장인물 중 일부는 요청에 따라 재구성된 인물이 있습니다.

지금부터 쫌 찌질한 이야기를 들려드릴 건데요….

나도 나를 잘 모르겠다 싶을 때가 있다. 꽤나 한 방향으로 곧게 왔다고 생각했는데 이상한 데서 헤매는 자신을 발견한다든가, 남부럽지 않다 자부해왔으나 누가 봐도 짠치는 인생처럼 느껴진다든가 하는 식으로 말이다. 어쨌든 대부분 실망스러운 형태다.

그럴 때면 나는 항상 새로운 곳에 나를 던졌다. 일종의 도박을 걸어보는 거다. 판돈은 시간이다. 새로운 일을 찾든지, 돌연 휴학을 하든지, 해외로 훌쩍 떠나든지. 이때 중요한 것은 어떤 계산에 따라 움직이면 안 된다는 거다. 오히려 무모할수록 좋다. 예기치 못한 상황과 맞닥뜨릴 때, 일상에서는 볼 수 없던 색다른 내 모습을 발견하게 된다.

그렇게 여러 번의 베팅을 통해 스스로가 낯설어지는 정도가 되면 일상으로 복귀한다. 그러면 조금은 내 존재의 의미를 알 것도 같아진다. 나는 이런 식으로 모험을 통해 일상에 대한 환기를 해왔다.

이제와 생각해보면 필사적인 도박이었다. 필사적으로 알고 싶었다. 내가 누군지, 왜 사는지, 이 허무함의 출처는 뭔지 같은 것들. 내 가장 중요한 시간을 판돈으로 걸었기에 꼭 무언가 의미 있는 걸 따서 돌아가야 했다. 그렇게 남들은 싱글벙글 즐겁게 걷는 순례길에서 내내 혼자 죽상을 하고선 쫓기듯 걸었다. 그땐 그래야만 한다고 생각했다. 좀 처절하게 굴어야 뭔가 깨달음에 다다를 수 있다고. 그래서 매일 필사적으로 글을 쓰고 그림을 그렸던 것 같다. 그럴수록 여유롭게 순례를 즐기는 그들을 보며 일종의 열등감 같은 것을 느꼈던가. 그런 마인드가 오히려 괴리를 만드는 줄도 모르고서.

언젠가 나는 꼭 다시 한 번 산티아고 순례길을 가야만 한다. 아무리 생각해도 내가 다녀온 방법은 이 길의 올바른 쓰임새가 아니었다.

이제 이 처절한 여행을 시작하기 전, 독자 여러분께 몇 가지 스포일러를 드린다.

첫째, 순례를 통해 얻은 건 딱히 대단한 깨달음은 아니었다는 것. 이런 치명적인 스포를 굳이 하는 이유는, 이 책이 성장물 따위가 아니라는 점을 강조하기 위함이다. 미안하지만 이 책의 끝에 드라마틱한 '성장'이나 '성숙' 같은 건 없다. 그냥 처음부터 끝까지 꾸준하게 징징거릴 뿐이다.

둘째, 여행 가이드북이 아니라는 것. 내 생각에 당신이 산티아고 순례길을 완벽하게 준비하고 싶어서 꺼내 들었다면 이 책은 적합하지 않다. 내 이야기는 앞에서 서술했듯 좋은 여행법과는 거리가 멀며, 심지어는 의도적으로 여행 과정에 대한 서사를 최소화하려 노력했다.

셋째, 제일 중요한 건데, 그럼에도 나는 이 기록이 꽤 마음에 든다는 것. 43일간 찰나의 감정들을 빼곡히 수집했다. 초월적인 공간에서 철저히 혼자가 되어보며 느낀 것들은 상당히 날이 서 있다. 꽤 마음에 드는 날카로운 가설과 결론이 가득하다. 아니, 그 8월 땡볕에 지구 반대편까지 가서 필사적으로 수집해왔다니까.

이 책을 집어 든 당신은 아마 모험심이 대단한 사람일 게 틀림없다. 당신은 지금 궁금하다. 산티아고 순례길에 대해서건, 인생을 걸었던 남자에 대해서건. 무엇이 되었건 이 이야기가 당신에게 어떤 해소가 될 수 있길 바란다. 내가 끝까지 걸어서 소소하게나마 무언가 알게 되었듯, 이 여행기의 간접 경험으로 당신도 무언가 알게 될 테니, 부디 마지막 장까지 함께 걸어주길 바란다.

이 이야기가 책으로 나와서 다행이다. 내가 당신의 페이스에 발맞춰 걸을 수 있어서.

목차

PART. 1

무리수는
던져졌다

-9,550km ~ 0km

D-3

Incheon Airport

01

도망 다녀오겠습니다

〈순례를 떠난 이유〉에 대하여

"아무튼 충분히 머리 식히고 다시 복직할 생각해라."

공항으로 가는 차 안에서 아버지는 말씀하셨다.

"생각해볼게요." 허공 어딘가를 바라보며 건조한 대답을 뱉었다. 부자는 말이 없었다. 차 안에는 두 사람의 무수한 말줄임표들이 가득 메웠다. 어쩐지 숨이 막혀 창문을 내렸다. 건물들이 슥슥 눈치를 살피며 지나친다.

나는 지금 산티아고로 도망치는 중이다.

'산티아고 순례길'. 전세계 사람들이 가장 사랑하는 스페인의 트레킹 코스. 예수님의 제자 야고보 성인san tiago의 선교 루트를 따라 걸어서 그가 잠든 산티아고 데 콤포스텔라Santiago de Compostela까지 꼬박 한 달 정도를 걷는 여정이다.

그 시작은 성지 순례의 의미였겠으나, 요즘은 꼭 그렇지만은 않다. 인생의 변화를 원하는 사람들이 한 달이라는 긴 시간 동안 인생을 돌아보고 새로운 인생을 설계하는 자기수행으로 이 길을 걷는다.

누군가 말했던가. 산티아고 순례길은 더 이상 이렇게 살 수도 없고 이렇게 죽을 수도 없을 때 떠나야 한다고. 내가 지금 딱 그랬다. 내 인생 재부팅이 절실했다. 망가진 인생을 피해 도망칠 곳이 필요했다.

올해 초, 나는 주체적인 삶을 살겠다며 3년 다닌 회사를 돌연 휴직했다. 어렵게 들어간 대기업에서 부모님은 정착을 바라셨다. 휴직이란 건 일종의 타협이었다. 이 기간 동안 세상에 나를 증명해 보이고 1년 뒤 당당히 퇴사하겠다 말했다.

그러나 한 해의 반이 되도록 증명된 것은 아무것도 없었다. 호기롭게 시작한 스타트업은 동업자와의 갈등으로 하차하고, 내 책을 내겠다는 계획도 게으른 핑계 속 무기한 연기되고 있었다. 그 와중에 함께 미래를 그리던 여자친구와 이별했으며, 몸무게는 세 자릿수를 찍었고, 통장 잔고도 바닥에 다다랐다.

아, 한 가지 증명되려 하고 있다. 어쩌면 나는 주체성이 전혀 없다는 것. 시스템을 잃은 나는 맥없이 무너져 내리고 있었다. 아버지께서 복직을 말씀하시는 것은 누가 봐도 합리적인 조언이었다.

출국 날 하늘이 정말 우중충하다. 차라리 한바탕 쏟아졌다면 시원했을 텐데. "다녀올게요. 건강히 계세요." 귀양 가는 선비 얼굴을 하고 문안인사를 올렸다. 해외여행이 이토록 우울할 수도 있구나. 하기야 보통은 고생에 대한 자기보상으로 해외여행을 떠난다. 뭘 잘했다고 도피성 여행이 설레겠는가.

그러나 언젠가 나도 산티아고 순례길을 꿈꾸며 마구 가슴 설레던 때가 있었다. 그 여행길에서 마주하는 사람들에게 내 인생 얼마나 멋진지 이야기하며, 미지의 당신들의 멋짐에 대해서도 마음껏 이야기 나누고 싶었다. 도무지 자랑할 것이 없는 지금 내 모습에 출발 전부터 기가 죽었다.

저기 거울에 비친 내 모습이 눈에 들어왔다. 시꺼먼 옷으로 위아래 맞춰 입고 한 달째 방치한 덥수룩한 수염, 우울한 낯짝이 더해지니 '순례자'보다는 '방랑자'가 어울렸다. 숭고함과 기쁨이 없는 수행은 아무리 성스러운 길이라도 순례가 될 수 없구나. 도망친 곳에 낙원은 없다는 게 이 뜻인가 보다.

비행기 시간이 다가오자 정말 복잡한 마음이 되었다.

그저 어떻게든 지금보다는 낫겠지. 그런 마음으로 급하게 정한 여행이었다. 이 상태를 방치했다간 내가 정말 싫어질 것 같아서, 더 오래 고민했다간 이 여행에 거는 기대만 더 커질 것만 같아서.

그러나 결국엔 그런 감정들도 출발 직전 급하게 오는 바람에 한꺼번에 혼란스러워졌다. 나 진짜 가는 건가? 내가 이걸 가는 게 맞나? 차분히 생각해보려 해봤자 이제 너무 늦었다.

실감도, 상상도, 계산도 전혀 되지 않는 얼얼한 기분으로 비행기에 올랐다. 그래 뭐 어떻게든 되겠지… 이륙도 전에 마취된 것처럼 잠에 빠졌다.

02

아프리카 대탐험

〈편견〉에 대하여

급하게 비행기 티켓을 끊은 탓이다. 내가 가는 순례길의 이름은 프랑스 끝부터 스페인 서쪽 끝까지 걷는 '프랑스길'이지만, 첫 행선지는 스페인도 프랑스도 아닌 '에티오피아'다. 출발 3일 전, 남아 있는 가장 빠른 항공편이 에티오피아 항공이었다. 물론 경유지 또한 에티오피아고. 뜬금없이 아프리카 여행이라니. 전체 한국인 통틀어 아프리카에 가본 사람이 얼마나 될까? 인터넷에 검색해봐도 딱히 이렇다 할 정보가 없다. 게다가 17시간이라는 화끈한 경유 시간은 순례길 이전에 아프리카 체험이 불가피함을 암시하고 있었다.

땡볕 아래서 어린애들이 커피나무를 막 패고 있을까? 돌을 잡아 던지면 어떡하지? 저 멀리 기린이 걸어다니려나? 이런저런 망상을 펼치다 보니 금세 비행기가 요란한 소리를 내며 착륙했다. 여기 사람들, 성공적인 착륙을 축하하며 막 박수를 친다. 어딘가 허술한 에티오피아 수속을 모두 지나 드디어 내 인생 첫 아프리카 땅에 발을 들여놓는다.

어? 생각보다 선선하다. 오히려 쌀쌀한 것 같기도. 게다가 약간 낙후된 부분도 있지만 건물도 제법 신식이고, 현지인들은 짱돌을 던지기는 커녕 (나보다) 유창한 영어를 번듯이 건넨다. 앞선 나의 망상들이 얼마나 실례였는지. 뭐 특별한 게 아니라 이런 게

다 인종차별 아닌가 그런 부끄러움이 들었다.

이곳은 에티오피아의 수도 아디스 아바바Addis Ababa다. 저기 건너편에 앉은 한국인 몇 사람과 함께 호텔로 향하는 도요타 봉고에 올랐다. 항공사 측에서 긴 경유 시간 동안 무료 숙식을 제공한 것이다. 카 오디오에서 흘러나오는 에티오피아 인기 가요는 한국의 뽕짝 장르를 닮은 듯도 하다. 창문 너머엔 기린은 없었지만 건물들의 색감과 사람들의 알록달록한 옷차림은 충분히 특별했다. 어서 내려서 그 사이를 직접 걸어보고 싶었다.

호텔 카운터에서 호실 키를 받았다. 저기 제 몸만 한 배낭을 짊어진 한국 남자가 다가온다. '딱 봐도 순례자 같은데….' 사실 아까 공항에서부터 이렇게 큰 배낭을 짊어진 순례자 같은 사람이 여럿 보였다. 그런 거 있지 않나, 군 입대를 하면 군인이 길에서 많이 보이고, 기타를 배우면 기타 멘 사람이 많이 보이는… 내 눈은 이번에는 순례자들을 본능적으로 스캔하고 있었다.

"저 혹시 관광하실 건가요? 혼자 다니기 좀 무서워서…." 만세. 안 물어보면 내가 물어보려고 했다. 아무리 선입견이라 해도 정보 없는 낯선 나라는 무서웠다. 혼자보단 둘이 낫겠지. 상체가 단단하게 발달한 그가 어딘가 든든했다. 나는 하체가 든든하니 합치면 파워 코리안이다. 우리는 호텔에서 점심을 해결하고 시내로 출격하기로 한다.

"산티아고 순례길 가시죠?"

고기를 포크로 입에 옮기던 그가 통성명도 전에 묻는다. 이번에도 선제권을 빼앗긴다. 어찌 알았냐 물으니 공항에서부터 배낭 보고 딱 알아챘단다. 나만 그런 게 아니구나. 순례길을 시작하기도 전에 아프리카 땅에서 순례자를 만나다니. 신기하다. 아, 순례 여행이라서 찾아오는 영적인 이끌림 뭐 그런 건가? 자신을 J라고 소개한 그와 이런저런 이야기를 나누다 보니 금세 어색함이 풀어졌다. 네 살 아래인 그는 스스로 떠난 해외여행이 이번이 처음이라며 에티오피아에 대한 기대를 잔뜩 드러냈다.

안타깝게도 그의 첫 해외여행은 조금 더 미뤄지고야 말았다. 호텔 문을 나서려 하자 정장을 입은 한 직원이 앞을 가로막은 것이다. 임시 환승 비자이기 때문에 공항과의 계약으로 호텔을 벗어날 수 없다는 설명이다. 못 가게 하니까 더 가고 싶어진다. 어쩌면 인생 마지막이 될 수도 있는 아프리카 여행에 둘 다 간절해졌다. 'Go to market'에서 'Go to store'로, 'Around here'로 세 번정도 협상을 하니, 바로 옆 블록 로컬 레스토랑까지는 허락받을 수 있었다.

아쉬운 대로 우리는 여기서 과음하기로 한다. 물가도 싸겠다, 시간도 많겠다, 아프리카에 취해보자. 에티오피아의 시간을 잡아 둘 우리만의 방법이었다. 어디 보자. 조니 워커 블랙 온더락 한 잔에 200비르. 우리나라 돈으로 환산하니 5천 원이다. 석 잔을 마셔도 한국에서 한 잔 가격이 나온다. "I love Africa!" 투 샷을 한꺼번에 말아서 원 샷을 때렸다. 우리는 단숨에 아프리카가 좋아졌다.

"형 저는 아프리카 일주일도 살겠어요." 그새 친해진 J가 얼큰하게 말한다. 생각보다 풍요롭고 재미있단다. 나는 그게 다 첫 해외여행이라서 그런 거라고 일축한다. "아프리카라고 다 못 사는 게 아닌가 봐요. 이래서 해외여행을 다녀야 하는 거구나." 색안경을 쓴 것이 나 혼자가 아니라 다행이다. 새 잔을 따르는 매니저의 손목에는 롤렉스가 반짝거린다.

우리는 자리에 앉아 이것저것 술을 나눠 마셨다. 터번만 안 썼지 흡사 두바이 부호였다. 마구잡이로 시키는 술처럼 개인사도 종류 없이 마구 쏟아졌다.

"모르겠어요, 저는 사실 도망 왔어요. 아는 사람이 하나도 없는 곳으로요. 시도하는 것마다 안 되니까 이거라도 완주해보자 해서 온 거예요. 그게 다예요."

가장 친한 친구한테도 꺼내지 못했던 이야기다. 그러나 낯선 곳 처음 본 사람 앞에서 술술 나온다. 꼭 내 것이 아닌 남의 이야기처럼. 어쩌면 여행이라는 건 이토록 철저히 나 자신을 제삼자화시키는 일이 아닐까. 자기객관화. 일반화가 없는 세상에 툭, 떨어뜨려 놓고 '평가가 아닌 관찰'을 하는 것.

그런 면에서 산티아고 순례길은 좀 더 특별할 수 있겠다. 다양한 사연, 다양한 국적의 사람들이 줄줄이 서서 종일 같은 길을 걷고, 먹고, 자는 동일한 방법으로 살아간다. 세상 어디보다 객관적인 인간이 되는 것이다. 우위도, 열등도 없이. 비교가 없다면 더 솔직해질 수 있다. 솔직해지면 바른 판단이 생길 테다.

솔직한 내 고백에 J는 대수롭지 않다는 듯 대답한다.

"저도 별 이유 없어요. 그냥 걷다 보면 알겠죠."

그 무성의해 보이는 말에 안도감이 번지는 건 왜일까? 당장 내일 모레부터 걸어야 하는 내 순례길처럼 결국 이 모든 게 이미 벌어진 일이기 때문일지도 모르겠다. 뭔가 알고 싶다면, 어쩔 수 없이 걸어보는 수밖에. 그리고 지금 꼬여버린 내 상황 또한, 살아가다 보면 언젠가 그때 왜 그렇게 힘겨울 수밖에 없었는지 알게 되겠지. 때로는 J의 말처럼 단순해져야 답을 찾는다.

코리아 드라마 팬이라던 스물네 살 서빙하는 여자애가 손으로 쓴 영수증을 내민다. 5,300비르라고 적혀 있다. 쩨하다. 이게 얼마인데? 환산해보니 13만 원이다. 예상 못한 지출에 둘 다 그 자리에 벙쪘다. 아프리카 펍 가랑비에 옷 젖는 줄 몰랐구나. '아프리카는 비 오는 줄 몰랐지?' 마침 바깥에 난데없이 장대비가 쏟아진다. 이게 내가 취한 건지, 굵은 빗방울 때문인지 으슬으슬 춥다. 우리 감기 걸리면 순례길 못 가는데… 방탕한 예비 순례자 두 사람은 멋쩍게 인사하곤 좀 이따 밤에 로비 앞에서 다시 보기로 한다. 함성 같은 시원한 빗소리가 호텔 안을 가득 메운다.

−5,937 / 779km
0 / 213개 마을

03

순례자가 될 준비

〈준비〉에 대하여

'생 장 피에드 포르Saint-Jean-Pied-de-Port'. 그 이름이 너무나 생소하지만 산티아고 순례길의 '프랑스길' 루트를 걷는 순례자라면 누구나 알고 있는 아주 작은 시골 마을. 바로 순례길의 시작점이다. 마을은 작지만 순례자 장비를 비롯해 준비를 위한 모든 것을 할 수 있는 곳. '순례자 태초마을' 그 자체다.

아래는 산티아고 순례길에 대한 기초 정보이다. 산티아고 순례길을 간단하게 '까미노Camino:길'라고 부른다.

까미노를 시작하기 위해서 몇 가지 준비가 필요하다.

첫 번째는 순례자 여권 '크레덴시알Credencial' 발급 받기. 순례 동안 총 213 군데의 마을을 지나게 되는데, 머무르는 마을의 숙소에 가면 마을 입성을 증명하는 도장, '쎄요Sello'를 크레덴시알에 찍어준다. 숙소뿐 아니라 식당, 마켓 심지어는 푸드트럭에서도 각자만의 고유한 쎄요를 받을 수 있다.

두 번째는 조개 껍데기 달기. 이게 무슨 소리인가 싶겠지만 순례자 사무소에 가면 맨 오른편 한 백발 할머니가 커다란 가리비 껍데기를 잔뜩 노끈에 꿰고 있다. 이것은 까미노의 상징인데, 야고보 성인의 유해가 바다에 떠내려왔던 것에 대한 유래와, 까미노의 수많은 코스(프랑스길 외에도 열댓 개의 코스가 있다)가 모두 산티아고 데 콤포스텔라 성당이라는 하나의 목적지를 향해 있는 모습을 가리비에 본떴다는 유래가 있다. 어찌 되었든 순례 중 '저는 순례자입니다.'라는 신분을 나타내기 위해 조개 껍데기를 가방에 달아둔다.

마지막은 '알베르게^{Albergue}' 예약. 순례자들을 위해 이 까미노 위에는 아주 저렴한 가격에 숙소를 제공하는 문화가 있다. 가격은 10~18유로(한화 1~2만 원) 정도. 이 호스텔을 '알베르게'라고 한다. 보통 프랑스-스페인의 숙소가 1박에 50~70유로(한화 약 10만 원)하는 것을 감안했을 때, 혜자롭지 않을 수가 없다. 간혹 기부제로 운영되는 무료 알베르게도 있다니, 순례자들의 부담을 확 줄여주는 좋은 제도다. 생 장 피에드 포르에서는 이 알베르게 첫 예약을 하게 된다. 방법은 그냥 알베르게가 열리는 오후 2시까지 그 앞에 줄을 서면 된다. 인기 많은 알베르게는 2시가 되기 1시간 전부터 문 앞에 가방들이 줄을 선다.(가방을 놓으면 순번으로 인정된다. 다 순례자들이고, 워낙 힘들어서 그런지 도난의 우려는 크지 않다.)

 …라고 순례자 사무소의 노인은 정말 자세히도 내용을 설명해

줬다. 영어도 잘 못하면서 어떻게 알아들었냐면, 한글로 된 안내
문을 주기 때문이다. 새삼 감탄했다. 이 지구 반대편에서도 한국
의 위상이란….

안내문 외에도 여기저기 한글이 많이 보였다. 가게 앞에 '2시
문 열다.', 화장실엔 '변기에 휴지만 넣어라.', 식당에 '맛있어
요.'…. 놀랍게도 프랑스어, 스페인어, 영어, 그 다음 적힌 것이
한국어다. 기념품 가게에 한국 국기와 까미노 상징 깃발이 교차
로 된 배지도 있는 걸 보니 말 다 했다.

한국에 몇 차례 예능과 다큐멘터리를 통해 산티아고 순례길이
꽤나 유명해졌고, 이색 해외여행 좋아하는 한국인 입맛에 딱 맞
아 모험심을 자극한 것이다. 실제로 후기를 들어보면, 길에서 만
나는 아시안은 십중팔구 한국인이라 한다. '한국은 지금 까미노
열풍'이라 해도 좋을 듯하다. "한국인이 너무 많은 건 싫은데."라
고 말하는 나도 한국인이었다. 하긴, 암만 그래도 길 위에서 한국
말이 들리면 없던 애국심 같은 것도 생길 것 같다.

순례자용품 상점에 들어가 몇 가지 미비한 것들을 산다. 까미
노 사인이 크게 그려진 모자. 이건 기념품으로라도 꼭 사고. 옷걸
이 대용 집게. 해가 뜨거워서 걸을 때 가방 뒤에 **빨래를 걸어두면**
금방 마른다 한다. 그리고 등산 스틱. 고목나무 같은 걸로 만들

순례자 여권 '크레덴시알'

어진 아주 크고 단단한 놈이다. 솔직히 말하자면 이건 멋있어 보여서 샀다. 장비를 착용하니 메이플스토리에 나오는 초보 마법사라도 된 것처럼 의기양양해졌다.

내가 예약한 55번 알베르게는 이 마을에서 인기가 가장 많다. 들어와 보니 온 세계 사람들이 방을 가득 메우고 있다. 2층 침대가 꽉꽉 찬 것이 흡사 군대 시절 내무반을 보는 것 같다. 아, 꽤 괜찮은 비유인 것이, 여기 있는 우리가 비슷한 속도로 걸으면 길 위에서 언젠가 한 번씩은 만나게 될 사람인 거다. '입대 동기' 같은 거지. 우엑, 갑자기 까미노가 '행군'처럼 느껴진다. 군대 비유는 관두기로 한다.

방 안 사람들과 눈이 마주칠 때마다 난데없이 어색해진다. 뭐라 인사라도 건네야 할 것 같은데 내 눈엔 그냥 다 똑같은 '서양 사람'이라, '봉주르'인지, '올라'인지, '차오'인지 알 방법이 없다. 그저 눈도 못 피하고 바보 같은 표정으로 고개를 주억거렸다. "부엔 까미노Buen Camino, 까미노식 인삿말" 차라리 인사말이 하나로 통일되는 길 위가 편하겠다. 그 와중에 "올라!" 눈에 주름이 자글한 스페인 중년 여자가 말을 걸어왔다. 이번이 벌써 다섯 번째 순례라는 그녀는 매해 여름마다 이곳을 찾는 까미노 광팬이었다. 익숙하다는 듯 이 사람 저 사람에게 말도 잘 거는 소위 인싸 재질의 그녀를 보며, 그 자신감이 부럽기도, 피곤해보이기도 했다.

저기 홀에 나가서 사람들이랑 친해져보라는 그녀의 말에 '암 저스트 샤이.' 수줍은 소년 흉내를 어줍잖게 냈다. 샤이는 무슨, 그냥 어버버할 내가 싫었던 거다.

내일부터 한 달 동안 길 위에서 수많은 외국인을 만나고 함께 발을 맞추겠지. 언제까지고 샤이보이 수법을 쓸 수는 없다. 몇 가지 말들을 준비하고, 우선은 방 사람들의 대화를 최대한 염탐하기로 한다. 어찌 되었든 이들도 오늘 처음 만나지 않았겠는가? 계속 이들과 지내다 보면 나도 곧 붙임성이 생기게 될지도?

그러고 보니 지금껏 해외여행을 해보면서 이토록 외국인들과 가까웠던 적이 있던가. 이것도 까미노의 특별한 점일 수 있겠다.

이런저런 준비를 다 마치고, 드디어 내일 첫 출전을 위해 저녁 9시 이른 잠자리에 들기로 한다. 내 까미노 동기들아, 너희도 굿나잇.

0 / 779km
0 / 213개 마을

PART. 2

내가 지금
아프구나

0km ~ 161km

Day-10

Viana

04

순례길에 튜토리얼은 없으므로

⟨페이스⟩에 대하여

새벽 4시 반, 캄캄한 내무반에 섬광탄이 터진다. 범인은 한 시차 부적응자 동양인. 그렇다. 나다. 샤워를 하러 캐비닛 앞에 섰으나 아무것도 보이지 않아 챙겨왔던 헤드 랜턴을 켰던 것이 화근이었다. 문제는 그것이 첫 작동이었고, 생각보다 랜턴 성능이 화끈했을 뿐이다. 난데없이 밝아진 시야에 캐비닛 근처 침상 전우 두 명이 희생된다. '쏘리….' 그들은 으으… 소리를 내며 강제 기상한다. 후딱 샤워실로 도망한다.

한국에서 야행성이었던 덕에 지구 반대편에서는 아침형 인간이 되어 저절로 눈이 떠졌다. 그래도 새벽 4시 반은 너무 빠르지 않은가 싶지만, 해가 강하고 낮이 긴 스페인의 여름 특성 상 순례자들은 새벽에 숙소를 나서는 것이 철칙이다. 적어도 해가 가장 높은 오후 2시 전에는 당일 진행을 마쳐야 하기 때문이다. 내가 순례자를 떠올릴 때면 어스름한 숲길을 걷는 이미지를 상상했는데, 실상은 미라클 모닝 갓생러에 가까워 보인다.

적당히 샤워를 하고 나오는데 방이 요란하다. 삐리릭! 삐리리릭! 누군가의 알람이 울린 모양이다. 첫날 밤이라 긴장해서 잠이 깊게 든 걸까. 한참을 울리고 있다. … 순간 오싹해진다. 아, 왜 불길한 예감은 틀린 적이 없나. 유감스럽게도 알람은 내 자리에서 구슬프게 울고 있었다. 후다닥 달려가 아이폰의 입을 막아보지만, 이미 늦었다. 언제부터 울고 있던 건지 이미 거의 모든 사람들이 일어났다. 이제 내가 울고 싶어졌다. 이 방의 순례자들은 까미노의 첫날을 의도치 않게 조금 일찍 시작하게 되었다. 여기 완벽한 어글리 코리안이다.

서둘러 채비를 마치고 가장 처음으로 알베르게 문을 연다. 어스레한 빈 거리가 이렇게 쾌적할 수 없다. 낮에는 사람 죽일 듯 뜨겁더니(실제로 어제 순례자 두 명이 열사병으로 목숨을 잃었다는 기사가 있었다) 새벽은 이토록 선선하다. 다리가 막, 어서 걷고 싶다고 말하는 것 같다. 한 순례자 커플이 내 앞을 지난다. 수줍은 목소리로 드디어 소리 내본다.

"부엔 까미노!" 어라, 내 악센트 제법 나쁘지 않다. 첫 시작이 설레서 연거푸 부엔 까미노, 부엔 까미노 외친 다음 어둔 길 한가운데로 몸을 던졌다.

까미노는 시합이 아니다. 빨리 간다고 얻어지는 명예가 있는 것도 아니고, 선착순으로 쎄요의 급이 달라지는 것도 아니다. 그러나 '빨리빨리'와 '무한 경쟁' 문화에 길들여진 한국인 특성으로, 뭔가 서두르지 않는다면 꼭 최선을 다하지 않는 것처럼 느껴진다. 저 앞에 가는 사람보다 늦게 일어났을지언정 뒤처지지 말아야지. 웬 승부욕이 생긴다. 나는 누가 시킨 것도 아닌데 레이싱

하듯 저기 앞 사람을 추월한 다음, "부엔 까미노!" 쐐기를 박는다. 부엔 까미노의 뜻은 '좋은 길 되시길!'이라는 뜻이나, 나의 경우엔 "내가 이겼다!"에 가깝다. 시작부터 추월하는 재미에 푹 빠졌다.

30분 정도 지나왔나, 벌써 최소 서른 명은 제꼈다. 나는 꼭 한국인의 파워를 보여준 듯 의기양양하다. 생각보다 나 까미노 잘하는 걸지도? 그러나 내 몸이 점점 무거워지는 게 느껴진다. 짐이 무겁나? 좀 가벼우면 더 잘 갈 수 있을 것 같은데. 오케이. 물을 버리기로 한다. 음수대는 또 있을 테니까. 1시간을 더 걸었다. 유난히 경사가 심하고 음수대 같은 건 없다. 몸은 더욱 무거워졌고 목이 타들어 갔다.

"부엔 까미노~" 저기 마침 어떤 이탈리안이 말을 걸어온다. 나는 이 길에서 처음으로 '부엔 까미노(내가 이겼다)' 대신 다른 말을 건넨다.

"Do you have some water?" 자신을 루카라고 소개한 이탈리안은 'Sure~.' 하더니 흔쾌히 자기 물을 건넨다. 자연스레 길동무가 된다. 우리는 둘 다 영어를 잘 못한다는 점과 영화 〈루카〉를 재미있게 봤다는 공통점으로 말의 물꼬를 텄다. 루카는 벌써 까미노가 네 번째란다. 뭐 여긴 묻는 사람마다 죄다 까미노 n회차다. 첫 구간의 피레네 산이 너무 좋아서 여태껏 꼭 프랑스길만 다녔다고. 곧 보게 될 경치를 기대하란다. 경치는 모르겠고 오르막길이 너무 힘겨워 씩씩거리며 물었다.

"너희 유러피안은 왜 까미노를 여러 번씩 오는 거야? 한 번만 가도 충분하지 않아?"

"힘들면 쉬어. 그럼 괜찮아. 까미노는 아름다워."

우리가 지금 말이 통하고 있는 건지. 동문서답이 돌아온다. 곧이어 찡긋 윙크를 건네더니 속도를 올려 휙휙 높은 곳으로 올라가버렸다. 그가 시야에서 사라진 것을 확인하자 나는 그만 그 자리에 주저앉았다.

순례자들이 주저앉은 나를 지나치며 '부엔 까미노' 웃으며 인사를 한다. '좋은 길'이라고? 난 안 좋아! 이제는 약 올리는 것처럼 들리기도 한다. 마음 같아서는 저들 한 명 한 명 붙잡고 인터뷰를 하고 싶다. 이 길을 왜 걷고 계십니까? 까미노가 어떤 점이 좋죠? 사람들이(아니 사실 내가) 납득할 만한 이유라도 알려주시죠! 예순은 족히 넘어 보이는 저 할머니도, 어린 딸들의 손을 양쪽에 꼭 잡은 중년의 사내도, 삐삐 말라 곧 쓰러질 것 같은 여자애도, 속도는 다르지만 싱글벙글 간다. 땀이 식으니 으슬으슬 춥다. 쉬는 것도 마음껏 할 수 없구나. 몸을 일으켜 기어오른다.

첫날부터 이런 말 힘 빠지겠지만, 여기까지 읽은 독자라면 산티아고 순례길 다시 생각해보자. 첫날 진짜 죽을 만큼 힘들다. 군대 행군보다 힘들고, 북한산이고 한라산이고 할 것 없이 가장 힘들다. 2천 년 전에 야고보 성인이 이 길 따라 선교를 갔다고? 다른 덴 몰라도 이 길만은 실수로 오른 게 분명하다. 나는 올라도 올라도 끝이 없는 경사에 전의를 잃었다. 한국의 불알친구 D에게 카톡을 보낸다. "야 이거 나랑 안 맞는데. 포기하고 싶다."

까미노는 첫날이라고 봐주지 않는다. 가이드북에도 첫날 코스가 전체를 통틀어 가장 어렵다고 나와 있고, 피레네를 넘어야 첫 알베르게가 나오기에 모든 순례자들은 반드시 오늘 이 시련을 통과해야 한다.

여기는 대중교통도 지름길도 없다. 그저 자신의 페이스와 방법을 찾아야 한다. 루카는 루카의 페이스대로, 노인은 노인의 페

이스 대로, 나는 나대로. 자신의 페이스를 찾지 않으면 다음 날도, 그다음 날도 까미노는 불가능하다고 말하듯, 마치 벽처럼 단호한 오르막이었다.

남을 쫓거나 제치는 것은 단기적으론 동기부여가 될 수 있었지만 결국 나를 더 지치게 만들었다. 오히려 내 페이스를 완전히 잃었다. 그래, 온전히 혼자가 되고 싶어 떠나온 까미노였다. 다른 사람의 것이 아닌 나의 페이스, 나의 까미노를 찾아야 한다. 괴로움에서 벗어나기 위해 내가 선택한 방법은 나에게 집중하는 것이었다. 내 페이스를 찾기 위해 몇 가지 규칙을 정하기로 한다.

첫 번째로, 사람들에 대해 신경 쓰지 말자. 여기선 아무도 추월당한다고 기분 나빠 하지 않고, 쫓긴다고 조급해하지 않는다. 지나는 사람들을 배경처럼, 말하는 나무나 바위 같은 거로 생각하자. "솨아아", "도로록" 이렇게. 어차피 스페인어나 바위어나 못 알아듣는 건 매한가지다.

두 번째로, 힘들면 쉬자. 너무 욕심 내지 않기로 한다. 구글 맵으로 검색해보니 직선거리 29km, 6시간이면 가는 거리다. 이른 시간인 5시에 나섰기에 14시까지는 시간이 충분히 있다. 힘에 부치면 시선이 땅으로 가기 마련이고, 그러면 멋진 앞을 못 본다. 그런 괴로움은 아무데도 쓸모없다.

세 번째로, 생각에 빠지자. 원래 내 까미노의 목적은 '성찰'이었다. 나는 어쩐 일인지 여기서 '까미노 명상'이 아닌, '트레킹 시합'을 하고 있다. 이대로라면 피레네를 넘고 한 달 후 산티아고 데 콤포스텔라에 도착한다 해도 아무것도 얻어갈 수 없을 것 같다. 헬스장의 런닝머신도, 계기판을 노려보는 것보다 생각에 골똘히 빠지는 편이 더 빨리 시간이 흘러간다. 잊지 말자. 이곳은 아빠에게 억지로 끌려온 등산길이 아니라, 내가 스스로 선택해서 온 자기 성찰의 길이다.

저기 약수터 찬 물에 세수를 하고, 어깨 끈을 조이고, 지팡이를 바로잡았다. 내가 맨 처음 추월했던 사람이 내 앞을 지나갔지만 신경 쓰지 않았다. 내 목적은 단 하나, 오늘 저 피레네를 넘는 것뿐. 지팡이로 바닥 짚는 횟수와 내 발걸음 횟수의 간격을 맞췄다. '탁, 탁' 소리 두 번당 '저벅' 한 번, 이런 식으로. 무지성 앞지르기를 할 때는 몰랐던 리듬이 있었다.

쉬는 규칙을 정했다. 내 숨소리가 너무 크게 들리면 멈추고, 땀이 말라 추워지면 다시 움직이기로 했다. 무엇보다 걷는 동안 내 책에 대해 상상했다. 이 여행이 끝나고 책이 나온다면 제목은 뭐로 할까. 독자들은 무엇을 느낄까. 망상에 가까운 내용이었지만 생각에 빠져 있다 보니 나도 모르는 새 한 번에 꽤 많은 거리를 걸었다. 점점 내 까미노 리듬을 찾아가는 중이었다.

…라고는 해도 피레네는 너무 높았다. 여전히 죽을 만큼 힘들었지만 재미를 발견하기 시작했다. 루카의 말대로 피레네의 경치는 입이 떡 벌어졌다. 유럽 여행이야 이전에도 해본 적 있지만 이런 대자연 한가운데의 경험은 처음이었다. 낮은 바람이 들 위를 달리고, 야생 말, 양떼, 소떼가 조화를 이루며 소리를 섞는다.

어느 순간 셰퍼드 한 놈이 나타나 내 옆을 따라 걷는다. 꼭 순례자처럼 내 발걸음을 맞춘다. 우리는 동행이 되어서 들판을 한참 걸었다. 이 순간이 지브리, 디즈니보다도 더 꿈결같이 느껴졌다.

피레네는 오르락내리락 몇 번 더 짓궂은 장난을 치다 비로소 끝이 났다. 장장 8시간의 미친 등산. 살면서 가장 힘든 순간 셋을 꼽으라면 무조건 오늘을 넣을 테다. 마을에 발을 들이자 반가운 목소리가 먼저 맞는다.

"보! 부엔 까미노! 어땠어?" 루카다. 오늘 처음 본 그였으나, 같은 고생을 한 덕분인지 전우 같은 마음이 되어 그만 애틋해진다. 나의 모험에 대해 이런저런 하고픈 말들이 머릿속을 맴돌았지만, 결국 그가 알려준 말로 대답하기로 한다.

"까미노 이즈 뷰티풀!" 루카는 또 한 번 찡긋 윙크를 건넨다. 아직 몇 번씩 까미노를 오는 저들을 이해할 수는 없지만, 오늘 하루 꽉 채워 걸은 것이 가득 뿌듯했다. 어느 때보다 성실한 하루를 보내고, 온몸은 기분 좋게 힘이 빠졌다. 알베르게 주인이 크레덴시알을 달라 한다. '참 잘했쎄요!' 마침내 칭찬 도장 같은 첫 쎄요가 쾅! 소리를 내며 찍힌다.

29 / 779km
5 / 213개 마을

05

더 이상은 못 걸어

〈좌절〉에 대하여

눈 뜨자마자 직감했다. 몸이 내 몸이 아니라는 것을.

상체를 일으키려 하자 여기저기서 통증이 고개를 든다. 온몸에 알이 배겼다. '애들아, 나만 이런 거 아니지?' 위안을 얻고 싶었으나 외국인 친구들은 곤히 잠들어 있다. 새벽 5시 알람도 없이 눈을 뜬 건 여기 지구 반대편에서 온 시차 부적응자 한 명뿐이었다. 샤워를 한 후 부상 현황을 찬찬히 확인해보기로 한다.

- 코 감기
- 양쪽 어깨 결림
- 지팡이 잡은 왼손 안쪽 까짐
- 다리 전체 알 배김
- 발목 통증
- 발바닥 물집 두 군데
- 구내염 두 군데
- 허벅지 안쪽 살 쓸림
- 몸살 기운
- 체중 감량 이상 무(?)

'너 이런 애 아니잖아. 유럽 여행한다며!' 갑자기 날벼락을 맞은 온몸이 배신감에 소리 지르는 모양이다. 파스와 밴드, 감기약으로 응급조치를 하고 주섬주섬 가방을 싼다. 알이 배긴 몸뚱어리 때문에 가방이 더 무겁게 느껴진다. 뚜두둑. 몸에서 불쾌한 소리가 난다. 어디지? 동시다발적으로 소리가 나서 출처를 못 찾겠다.

휴, 저질 몸 상태에 새벽 댓바람부터 우울해진다. 그렇지. 나는 고도비만이 아니던가. 게다가 최근 한 달간 운동이라곤 조깅 2회뿐인 명백한 운동 부족이었다. 어쩌면 어제 그 험준한 산을 이 몸뚱아리로 버텨낸 것 자체가 기적일지 모르겠다.

이런저런 엄살과 늦장을 부리며 홀에 앉아 한참 유튜브를 봤다. 분명 아까 늘어지게 자고 있던 룸메이트들이 어느새 준비를 마치고 알베르게를 나선다. 나는 가장 먼저 일어나 마지막까지 여기 남아 있는 순례자다. 어제는 첫 시작의 설렘과 패기로 산을 넘었다지만, 오늘은 어떤 동기부여로 몸을 움직일지 막막하다. 진짜 하루만, 딱 하루만 쉬었다 가면 안 될까. 그때, 카톡이 울린다. 에티오피아에서 만난 J다.

"형, 팜플로나^{Pamplona}에 지금 대형 산불이 났대요. 그 근방 100km가 다 통제라고, 버스 타야 된다는데요?" 팜플로나는 정상적으로 진행한다면 불과 내일 만나게 되는 마을이다. 비록 인명 피해는 없으나 비극적인 사고였다. 게다가 까미노 전체 코스 중 8분의 1을 걸을 수 없게 된 상황. 그러나 내 머릿속은 온통 한 가지에 집중하고 있었다.

'내일까지만 걸으면 버스 타고 갈 수 있다고?'

첫날 첫발을 뗄 때보다 지금 더 설레고 있는 내가 창피했다. 속으로, 그래 이건 어쩔 수 없는 천재지변이니까 하고 되뇌었다. 팜플로나까지만 어떻게든 가보자. 이렇게 목표를 정했다.

오늘의 동행은 언덕쯤에서 만난 한 미국인 부녀. 한 회사에서 30년 정년을 마치고 뉴 라이프를 계획하러 온 그렉과, 올해 서른이 된 고등학교 교사 졸리. 그런데 아버지를 모시고 왔다기엔 그렉의 발걸음이 심상찮다. 높은 경사에 헥헥거리는 졸리와 나와는 달리 그렉의 호흡은 아주 안정적이다. 올해 예순일곱이라고? 졸리와 나는 그렉이 외모도, 건강도 충격적인 동안이라는 것에 크게 동의했다. "그렉, 비 프라우드!" 그러나 자신의 자랑은 졸리뿐이라며 스윗한 너스레를 떤다. 여유를 아는 품격 있는 남자….

까미노는 아날로그 여행이다. 구글 지도가 작동하지 않는 음영 구간이 많다. 그럼 길을 어떻게 찾냐고? 걷다 보면 돌이나 나무에 노란 화살표가 그려져 있다. 그걸 따라 걷는 거다. 까미노만의 낭만이자 재미다. 다만 그렇기에 한참 동안 노란 화살표가 나오지 않는다면 길을 잃은 것은 아닌가 의심해 볼 필요가 있다.

지금 우리가 그렇다. 한참 이야기를 나누다 보니 노란 화살표를 못 본지 꽤 되었다. 마지막으로 본 게 언제였지? 오르막을 많이 지나온 뒤라 더욱 초조했다. 인터넷도 전혀 되지 않는다. 어느덧 숲이 깊어 빛도 잘 들지 않는다. 한 30분 정도 더 걸어보고 노란 화살표가 나오지 않는다면 왔던 길을 되돌아가기로 한다. 일순간 대화가 멎고 걷는 것에 집중한다.

20분이 지났다. 몸은 급속도로 무거워지고 울고 싶은 기분이 된다. 야고보! 날 보고 있다면 정답을 알려줘. 하늘은 바람도 없이 고요하다. 몸이 급속도로 힘을 잃는다. 힘든 길은 쉬거나 속도를 조절하면 된다. 그러나 막막한 길은 다른 문제다. 지금 걷는 길이 얼마나 더 가야 하는 건지, 제대로 된 길인지 알 수 없으니 몸보다 머리가 먼저 알고 맥이 풀린다. 소위 현자타임이라고 말하는 그것이다. 나는 GPS도 안 터지는 낯선 땅에서 왜 이런 고생을 하고 있나.

내 표정을 읽은 그렉이 달래듯 침착하게 말한다.

"까미노에서 이런 일은 종종 일어나. 중요한 건 좌절하지 않는 거야."

그러고 보니 둘은 평온하다. 경험자로서의 자신감도 있겠으나, 길 좀 잃으면 어떻냐는 까미노의 여유가 묻어 있었다.

언젠가 보았던 Travel의 어원이 생각난다. 여행을 뜻하는 영어 단어 Travel은 프랑스어 'Travail(고생)'에서 비롯되었다고. 익숙한 동네를 내버려 두고 객지에서 새로운 경험을 지향하는 '여행'은 원래부터 고생을 숙명적으로 동반하는 활동인 것이다. 결국 이걸 고생으로 느낄지, 가슴 설레는 모험으로 느낄지는 나의 마음가짐에 달려있다.

까미노는 탈 것을 두고 굳이 걸어서 하는 여행이다. 호텔을 두고 굳이 불편한 알베르게에서 자는 여행이고, 볼 것 많은 대도시를 두고 굳이 시골 구석구석을 잇는 여행이다. 훗날 누군가 까미노를 두고 '왜 그런 개고생을 사서들 하느냐'는 비아냥에, 변호를 할 것인지 맞장구를 칠 것인지는 오로지 지금 내 마음가짐에 달렸다는 거다.

다행히도 이런 상황에 혼자가 아니다. 그렉과 졸리, 두 사람이 옆에 있고, 정말 막다른 길이라면 되돌아가는 길에 이 경험에 대해 이야기를 나누면 된다. 더 이상 못 걷겠다면 잠시 같이 쉬어 달라고 말하자. 그렇게 생각하니 마음이 한결 가벼워진다.

그 순간, 거짓말처럼 빛이 들었다. 숲의 끝에서 고속도로가 보인 것이다. 저 멀리 푸드트럭과 먼저 도착한 순례자 한 무리가 보인다. 아 살았다. 다행히 길은 틀리지 않았다. 그렉은 고생했다며

내게 레몬 음료 한 캔을 건넸다. 꿀처럼 달았다. 우리는 짐을 내려놓고 간이 의자에 기대앉아 들뜬 목소리로 시시콜콜한 이야기들을 했다.

까미노는 같이 걸으면 더 좋구나. 왜 사람들이 친구들과 같이 오는지 알겠다. 여전히 몸이 욱신거렸지만 이 두 사람과 함께라면 마을 세 개는 거뜬히 더 갈 수 있을 것 같은 기분이 든다. 졸리가 그 말에 동의한다는 듯 어깨를 으쓱해 보인다. 나도 어설프게 따라 해본다.

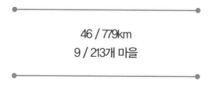

46 / 779km
9 / 213개 마을

06

순례길에는 아픈 사람이 많다

〈치유〉에 대하여

몸이 아프다. 사흘 째 아침에 온몸이 얻어맞은 느낌이 든다. 아무리 피레네 산이 높고 내가 저질 체력이라 해도, 자고 일어나면 어느 정도 회복이 되었어야 한다. 내가 엄살이 심한 걸까. 이 몸으로 하루에 20~30km는 무리인 걸까. 도착까지 아직 한참 남은 일정에 막연하게 걱정이 들었다.

알베르게 근처 작은 레스토랑에서 간단히 아침을 해결한 후 마을 초입을 나서려는 참이었다. 흰머리가 희끗한 중년 남자 한 명이 이쪽으로 걸어온다. 딱 봐도 한국인이다. K는 회사를 정년퇴직하고 새 시작을 위해 이곳에 왔단다. 마침 그의 행선지도 나와 같은 팜플로나라, 오늘 하루 함께 동행하기로 한다. 근처 슈퍼에 들러 마실 것과 간식거리를 조금 사서 길을 떠났다.

대화의 시작은 엊그제 겪은 피레네에 대한 감탄이다. 경치 말고, 피레네가 남기고 간 몸의 여파 말이다. 그는 가파른 등성이를 오르다 생긴 커다란 물집을 보여줬고, 나도 며칠 밤을 자도 여전히 회복이 되지 않는 컨디션에 대해 이야기했다. 다시 까미노를 하게 되더라도 피레네는 생략할 거라며, 우리는 서로 격한 동의를 했다.

피레네 외에도 여긴 전반적으로 거친 비포장 돌길이 많다. 발목과 발바닥에 온전한 집중을 하지 않으면 삐끗하기 십상이다.

사실 한 달 넘도록 매일 걸으면서 아무 데도 다치지 않는 것은 정말 어렵다. 발톱이 빠지는 건 다반사고, 다친 발가락을 방치하고 걷다가 잘라낸 사람까지 있단다. 여기 까미노 위에는 크고 작은 부상자들이 많다.

게다가 아픈 채로 오는 사람들도 많다. 까미노의 힘으로 고질병을 치유 받고자 하는 사람들. 그래서인지 순례자 중에는 의외로 노인 비율이 꽤 높다. 지나는 순례자들을 보면 열에 셋, 넷은 머리가 하얗게 셌다. 한편으로는 암 투병, 불치병 말기의 가톨릭 신자들이 오기도 한다. 자신의 마지막을 성스러운 까미노에서 마무리하겠다는 종교적 의지다. 길을 걷다 심심찮게 보이는 돌무덤과 십자가가 바로 그들의 것이다. 그 앞에 사진이나 리본 같은 게 매어 있고 소천 날짜가 적혀 있다. 이 앞을 지날 때면 사람들은 잠깐 멈춰 서서 묵념을 하거나 성호를 긋기도 한다.

다섯 개쯤 마을을 지날 때였나, K는 갑자기 두 다리 중 아픈

쪽이 있느냐 묻는다. 왼쪽 종아리가 어제부터 당기긴 했다. 디테일한 증상을 듣고선 고개를 끄덕이더니 잠깐 무릎보호대를 풀어보란다. "좀 아플 수 있는데, 참아봐요." 팔꿈치와 손가락 끝으로 이리저리 누른다. 어떤 부분에서는 너무 아파서 눈물이 찔끔 났다. 한 5분쯤 사투했던가, 자, 이제 일어나서 조금 걸어보란다. 아까의 마사지가 너무 얼얼해서 잘 분간은 안 갔으나, 확실한 건 당기는 통증이 완전히 멎었다. 신기해서 호들갑을 막 떨었다.

"한국에서 트레킹을 좀 다니거든요. 다리 쪽에 문제가 많아서 도수 치료를 좀 독학했었지요."

K는 어제도 숙소에서 만난 순례자 다섯 명에게 이걸 해줬단다. 반응은 폭발적. 외국인들과 친해지기 위한 그만의 독창적인 방법이었다.

"어떻게 걸으면 좀 덜 힘듭니까, 선생님?" "이 나라에선 뭘 먹으면 좀 살이 덜 찔까요, 선생님." 신뢰도가 잔뜩 올라간 나는 그에게 진료를 몇 가지 더 요청했다. 막힘 없이 술술 해결책을 제시하는 그가 몹시 든든했다. 마치 코치와 함께 등산하는 기분이다. 우리는 그렇게 처방놀이를 하며 돌산의 험준한 내리막과 몸의 고통을 잊었다.

사실 이곳은 몸의 부상 만큼이나 마음을 다쳐서 오는 사람들이 많다. 일상의 것으로는 해소할 수 없는 마음의 문제, 초월적인 시간과 공간이 필요한 사람들은 제 발로 이 고난의 길을 찾아온다. 그러나 까미노는 고통치료법 같은 게 아니다. 몸을 학대하고, 사서 고생하는 것으로는 아무것도 해결되지 않는다는 걸 다들 잘 알고 있다.

일반적인 여행과도 분명히 다르다. 먹고, 자고, 걷는, 오로지 가장 기본적인 활동에 몸을 맡겨두고, 나머지 정신은 모두 자신의 마음에 집중하는 일. 자신의 마음이 하는 말에 귀를 기울이는 일이다. 명상 자기 치료에 가깝겠다. 까미노를 단순히 트레킹 스포츠로 보지 않는 이유다.

K도 그런 사람 중 하나였다. 근 2년간 심한 우울증을 앓아왔고, 앞으로 무얼 해야 할지 모르겠어서 훌쩍 이곳으로 떠나왔단다. 그런 사정도 모르고 주변에서 계속 '대단하다~.'라며 추켜세울 때마다 왠지 모르게 거짓말하는 기분이 들었다는 말에 깊게 공감했다. 우리 같은 사람들은 대단한 인생에 영광스러운 업적을 더하러 온 부류가 아니었다. 오히려 어딘가 어긋난 인생을 정상으로 돌려놓고자 불필요한 것들을 덜러 온 쪽에 가까웠다.

나를 둘러싼 불필요한 것들. 떠나 오기 직전의 나는 꼭 '질 나쁜 고기' 같았다. 타인에 대한 열등감, 고질적인 매너리즘, 지독한 남 탓. 어떤 해로운 정서들이 덕지덕지 비계처럼 잔뜩 끼어서 무슨 고긴지도 모르게 되어버린 덩어리. 1등급 한우를 바랐던 건 아니었지만, 좋은 고기로 다시 태어나려면 먼저 나쁜 영향을 끼치는 비계 덩어리들을 걷어낼 힘이 필요했다. 이 길의 힘으로, 그것이 성스러운 영일지 숲의 피톤치드일지, 혹은 K와의 대화 같은 동질감일지는 아무래도 상관없다. 다만 이 길을 매일 걸으며 나도 모르는 새 기분이 조금씩 나아지고 있다는 것이 반증이 된다.

여기 '부엔 까미노.' 하며 지나는 이 많은 순례자들 모두 각자의 사연을 간직한 채 걷고 있겠지. 치유라는 게 별다를 게 없다. 이름 모르는 이들과 함께 매일 조금씩 더 목적지에 가까워지고 있다는 사실이 안도를, 안정을, 회복을 준다. 적어도 매일 걸으면서 유산소 운동은 착실하게 하고 있지 않은가. 이 여행의 끝에서 우리는 모두 전보다 훨씬 건강해질 거다. 몸도 마음도.

그리고 그날 저녁,

나는 코로나에 걸렸다는 사실을 알게 된다.

66 / 779km
18 / 213개 마을

07

해가 가장 긴 날, 태양의 나라에서

〈휴식〉에 대하여

코로나에 걸린 것은 이번이 처음이었다. 나는 슈퍼면역자라고 굳게 믿고 있었다. 양성 판정을 받은 친구랑 밥도 먹었고, 올해 초 유럽여행에선 마스크도 안 쓰고 잘 다녔다. 강남 한복판에서 2년간 일하면서도 코로나는 항상 나만은 비켜 갔었다. 그래서 엊그제 피레네 하산 직후 지나치게 오래 가는 몸살 기운과 코로나 증상으로 알려진 것들이 느껴져도 그냥 내가 운동 부족인 거라 생각했다. '아, 코로나 때문이었구나, 내가 체력이 약한 게 아니었구나.' 오히려 이상한 안도감 같은 게 들었다.

우선은 조치를 했다. 조금이라도 함께 걸었던 동행들에게 연락을 돌려 자가검진을 해보라고 권유했다.(다행히 증상이 나타난 사람은 없었다.) 알베르게를 취소하고 단독 사용 가능한 호텔로 예약을 했다. 약국에 가서 스트렙실과 타이레놀을 한 통씩 샀다. 스페인은 관련 규제가 전면 해제되어 보고나 격리 없이 알아서 주의만 하면 된다.

이미 지난 사흘간 걸으며 아픈 시기를 다 넘긴 건지, 기침과 인후통 외에는 몸살 기운은 없었다. 그저 이렇게도 액땜하는구나 하기로 했다. 사흘 간 호텔에서 푹 쉰 후 팜플로나를 둘러보기로 한다. 잠 들고, 눈 뜨면 다시 잠 들고, 미뤄둔 글들이 많았지만 손에 잡히진 않았다. 나도 몰랐던 투병 중 혹사에 대한 보상이라도 받으려는 듯 몸은 긴 잠에 빠졌다.

6월 20일. '세계 기린의 날'이다. 한국은 '하지'라고 하는 날. 1년 중 낮이 가장 긴 날이다. 기린과 무슨 상관이냐면, 기린이 동물 중에 가장 목이 길어서란다. 나는 이 기념일이 처음에 누군가의 농담에서 출발했을 거라고 확신한다.

스페인을 '태양의 나라', '해가 지지 않는 나라'라고 부른다. 그 이유는 이곳에 와보면 알 수 있다. 아침에 눈을 뜨면 밝고, 밤에 눈을 감기 전에도 밝다. 순례길 첫날은 해가 대체 몇 시에 지는지 보려고 피곤을 참으며 창가에 앉아 있다가 그대로 잠들었다. 정답은 10시 반이었다. 밤 10시 반이 넘어서도 환한 거리라니, 상상해보라. 초현실에 가깝다. 한여름 스페인은 도무지 해가 질 줄을 모른다.

그런 태양의 나라에서 가장 해가 긴 날이란다. 어쩐지 새벽녘 눈을 뜨자마자 가슴이 설렜다. 며칠 푹 잔 덕분에 컨디션은 최상이었고, 기침도 멎었다. 해보다 먼저 거리에 나가야지. 부랴부랴 준비했으나 지고 말았다. 아침 6시에도 그 위용을 자랑하듯 하늘이 환했다.

오늘의 주제는 이 긴 하루를 어떻게 쓸 것인가. 어제와 같다면, 지금으로부터 해가 지기까지 16시간이 남았다. 법정 최소 근무시간이 하루 8시간 아니던가. 오늘은 하루 안에 이틀이 들어 있는 말하자면 쌍란 같은 날이다. 노른자를 영어로 써니(Sunny)라고 하니까, 태양이 두 배 길게 뜬 오늘과 어울린다. 쌍란만큼 무언가 의미 있는 것들을 기록하고 싶어졌다.

　헤밍웨이는 이 도시에서 책을 썼다. 이 팜플로나를 배경으로, 제목은 『태양은 다시 떠오른다』. 아직 읽어보진 못했지만, 제목만은 그도 분명 나처럼 이 나라의 긴 해에 대해 경탄하다 떠올렸다고 확신한다. 카스티요 광장Plaza del Castillo 한편에 위치한 카페 이루나Cafe Iruna는 그가 이 책을 쓸 때 가장 많은 시간을 보냈던 단골 가게다. 나는 이곳에 앉아 헤밍웨이를 떠올리기로 한다.

　광장이 한눈에 보이는 야외 테이블에 앉아 그의 최애 술 '다이퀴리'를 주문했다. 해가 좀처럼 지지 않으니 자연스레 낮술이 된다. 헤밍웨이는 글에 대한 슬럼프가 어느 작가보다도 길었단다. 여기 앉아 어떤 영감을 얻어 슬럼프를 극복했을까. 결국 계속 쓰는 수밖엔 없었겠지. 다이퀴리 한 모금에 미운 문장 한 줄.

　그것까지 그를 따라 하려던 건 아니지만, 한참을 앉아 있어도 도무지 글이 써지지 않는다. 까미노를 걷는 동안 스스로 약속하기를, 매일 글 한 편, 그림 한 장을 만들기로 했는데, 어김없이 둘다 미뤄지는 중이다. 머리를 식힐 겸 어제 자 그림을 그리기로 한다. 생 장 피에드 포르에서 함께 출발했던 까미노 동기들. 그들에게 우리가 함께했던 추억을 기념하기 위해 그림을 그려주기로 약속했다. 언젠가 길 위에서 다시 만나게 된다면 그때 그림을 건네주는 걸로.

사실 나는 지독한 안면인식장애(라고 쓰고 타인에 대한 무관심이라고 읽는다)를 갖고 있는데, 한두 번 이야기를 나눈 걸로는 아무리 해도 그 얼굴이 기억이 안 난다. 얼마나 심하냐면, 영화를 보는 중에 주인공을 못 알아보곤 '저 사람 갑자기 왜 저러지?' 하는 경우도 많다. 그런 내가 겨우 걷다가 몇 마디 섞은 세계 각지의 외국인들이 기억이 날 리가 없다. 찍어둔 사진과 캔버스를 번갈아 대조해가며 숙제처럼 형태를 옮길 뿐이었다.

"Bo! How are you today?"

'Bo'는 내 이름이다. 고개를 처박고 그림을 그리다가 나를 부르는 소리에 시선을 옮겼다. 수염이 짙고 체격이 좋은 서양 남자다. 음… 우선 그가 상처받을지도 모르니 아는 척을 했다. "It's you! Nice day~" 한국에서 한국사람도 기억 못하는데, 다 똑같아 보이는 수염 난 외국인이 기억 날 리가. 게다가 정신 없이 자기 길 가기도 바쁜 까미노다. 그런 사정을 피력하고 싶었지만 언어력 부족과 미안함으로 관둔다. 다행히 그가 힌트를 건넨다. "여기

내가 있네! 멋지다 보~" 내 아이패드를 가리킨다. 여섯 명의 외국인이 나란히 어깨동무를 한 그림에 왼쪽에서 다섯 번째다. "그래 너, 찾았구나! 이게 바로 너야. 그…" 틀렸다. 이름이 도무지 기억 안 난다. 나는 그리면서도 이 그림의 사람이 내 앞에 선 바로 이 사람인 줄도 몰랐다. 순순히 항복하고 만다.

"사실 네가 누군지 까먹었어. 이름 한 번만 더 알려줄 수 있어? 너는 날 기억하는데, 나는 널 몰라서 미안해."

"댓츠 오케이. 난 앤드류야."

미국 출신 앤드류는 별일 아니라는 제스처를 하고는 흔쾌히 제 소개를 한다. 아마 내가 수염도 없고 아시안도 아니었다면 자기도 한눈에 알아보기 힘들었을 거란다. 그는 사람 좋은 남자였다. 새로운 사람들이랑 이야기하는 게 좋아서 까미노를 떠나왔고, 팜플로나에서는 친구들에게 줄 선물을 살 겸 이틀 째 머무르고 있다. 지나다 인사치레로 들른 것이 아니고, 여기 내 옆에서 한참 떠드는 것을 봐도 얼마나 사람을 좋아하는지 알 것 같았다.

"보, 너 그거 알아? 우리 이번이 네 번째 마주치는 거."

엥, 그럴리가. 아무리 내가 기억을 못한다 해도 네 번은 좀 심했다. 아마 날 다른 한국인으로 착각한 거라고 일축했다. 그러나 네 번이 확실하단다. 손가락을 펴서 세어준다.

생 장 첫 알베르게에서 같은 숙소 한 번, 피레네 하산하면서 한 번, 둘째 날 같은 숙소 한 번, 그리고 여기 한 번.

믿을 수 없다는 표정을 짓는 나를 보더니, 직접 아이패드를 가져가 그려준다. 방을 그리고, 침대를 그리고, 여기가 You, 여기가 Me. "아, 그게 앤드류 너였어?" 뒤늦게 아는 척을 해본다. 우리는 같은 숙소뿐 아니라 같은 방을 썼던 룸메이트였다. 나는 정말로 미안해졌다. 둘째 날, 숙소에 혼자 있는 나에게 같이 밥을 먹자고 제안했던 건 바로 앤드류였다.

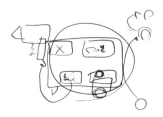

앤드류가 아이패드에 그린 방 전개도

"앤드류, 다시 한번 미안해. 사실 그날 저녁 이미 먹었다고 말했지만, 거짓말이야. 나는 너희가 어색해서 그랬어."

"괜찮아, 그럼 오늘 같이 저녁 먹으면 되지."

코로나에 걸려서 같이 먹기 어렵다고 재차 거절하는 나에게, 자기는 상관없다며 한 번 더 제안한다. 더 거절하는 게 미안해서 알겠다 했다. 어느덧 저녁 8시, 여전히 거리가 밝아 소리로 시간을 체감했다. 꼬르륵. 저녁 먹을 시간이란다. 일어나서 팜플로나 시내를 함께 걸으며 이야기를 나눈다. 영어를 잘 못하는 나를 위해 섬세하게 쉬운 단어들을 골라 천천히 배열해준다. 나는 그 마음에 보답하고자 공통사를 많이 만들어본다.

"앤드류, 그거 알아? 오늘 해가 제일 긴 날이야. 하루에 낮이 두 배!"

한국에선 아무것도 아닌 일도, 이럴 땐 좋은 대화 소재가 된다. 그럼 디너 말고 런치로 하자며 농을 되받아친다.

거리엔 플리마켓이 섰다. 길거리에 주말처럼 가득 사람이 찬다. 그 뒤로 따뜻한 배경음악이 깔린다. 길거리 재즈 공연이다. 우리는 그 앞에 앉아 한참을 구경한다. 즉흥적으로 음과 음이 교차하는 재즈를 들으며, 오늘 참 멋진 우연이라고 생각한다. 우연한 이유로 쉬어 가는 도시에서 우연히 만난 사람, 꼭 이벤트 같은 일과들, 뒤섞이는 감정들. 다채로운 팜플로나의 하루가 꼭 재즈처럼 조화롭게 흐른다.

"걷는 것도 좋지만, 이런 게 까미노의 즐거움이지!"

앤드류의 말에 내가 아는 '동의'의 모든 영어 표현을 동원해본다.

여기 근사한 하루가 저물어가고 있다.

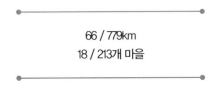

66 / 779km
18 / 213개 마을

08

담배 냄새

〈예민〉에 대하여

"이 나라 담배 냄새 되게 독하네요, 그쵸?"

유독 오늘따라 담배 냄새가 머리 아팠다. K는 습관처럼 줄담배를 피웠다.

어제 저녁, 일주일 전 함께 동행했던 K를 에스테야^{Estella}에서 다시 만날 수 있었다. 내가 팜플로나에 묶여 있는 동안 그가 산불이 난 지역을 우회하여 쉬엄쉬엄 돌아간 덕분이다. 나 또한 팜플로나에서 다음 대도시 로그로뇨^{Logrono}까지 버스를 탈 심산이었으나, 팜플로나에서 회복한 이후 컨디션이 상상 이상으로 좋아져서 사흘 간 진도를 빠르게 뺄 수 있었다.

그날 코로나의 습격으로 급하게 동행을 종료하긴 했었지만, 꽤나 즐겁게 산을 내려봤던 기억으로 내적 친밀감이 있었다. 오늘 하루 정도 이 마을에서 쉬어 가며 같은 알베르게에서 묵자고 제안했다. 이미 이곳에서 하룻밤을 보낸 그지만 흔쾌히 승낙해준다. 어차피 급할 것 없는 여행이니, 다만 담배 냄새만 없으면 다 좋겠다 싶었다.

"마을 한 곳만 다녀와 볼까?"

K의 제안이다. 짐 두고 산책하듯 다녀오자는 거다. 생각해보니 늘 그다음 마을로 진도 나갈 생각만 했지, 짐 없이 가볍게 다

녀볼 생각을 못했다. 제법 괜찮은 제안 같다. 마침 여기서 2km 정도면 '아예기^{Ayegui}'라는 마을이 있다. 우리는 알베르게에 짐을 맡기고 길을 나섰다.

뭐랄까, 단 며칠 만에 서로 꽤 많이 알게 된 우리였다. 걷는 시간이 길었다 보니 꽤나 깊은 이야기까지 가감없이 내려놓았고, 서로의 고민거리에 대해 잘 알고 있었다. 상대방의 생각이나 말투 같은 것이 꼭 오래 알았던 사람처럼 파악이 되었다. 하지만 가까운 것이 마냥 좋은 것만은 아닐 때가 있다. 속단이 그렇고, 방심이 그렇다. '넌 그게 문제야.'라든지, '내가 말했지.' 같은 것들.

그런 것들이 아니라도, 나는 이상하게도 타인에 대해 경계를 아주 풀고 나면 도로 예민해지는 경향이 있다. 다만 내가 그런 예민한 성격의 소유자라 해도, 이 까미노 위에서만큼은 그러고 싶지 않았다. 정말이다.

아예기는 아주 아담하고 조용한 마을이었다. 주말이라 더 그런 걸지도 모르겠다. 이곳 스페인의 작은 마을 사람들은 주말엔 다들 대도시로 놀러가거나 집 안에서 가족과 보내는 듯했다. 마을을 한 바퀴 돌고, 끝자락쯤에서 우리는 익숙한 걸 발견했다. "저거 한국어 같은데." K가 가르킨 손가락 끝에는 한국어로 '도장'이라고 적혀 있었다. 아마 크레덴시알에 찍어주는 쎄요를 뜻하는 것이겠거니 했다. 그런데 의외로 멋진 핸드메이드숍이었다. 대장장이 헤수스가 직접 쇠를 달궈 액세서리며 도장이며 작품을 만드는 작업장이다. 까미노를 상징하는 조개, 십자가 같은 다양한 것들을 만들어내고 있었다.

작품도 멋있었지만, 그 옆에서 헤수스가 묵묵히 작업하고 있는 작업장에 더 눈이 갔다. 순례길 내내 들고 다녀 이제 정이 든 지팡이에 장식을 달아주고 싶었다. 꼭 RPG 게임 속 장비 강화를 하는 것처럼 신이 났다. 조개 장식 목걸이를 하나 가져가, 헤수스에게 목걸이 줄을 떼고 장식만 지팡이에 달아줄 수 있냐 묻는다. 흔쾌히 하던 작업을 두고서 지팡이에 구멍을 뚫고 위치를 잡아준다. 오, 지팡이 끝이 영롱하게 빛난다.

"그것 보단 이걸 달아주는 게 더 멋있지."

K는 또 다른 커다란 조개모양 장식을 가지고 온다. "그것도 좋지만 이미 헤수스가 이걸로 작업을 해줬고⋯." "아니, 나라면 이걸 할 것 같다는 거야. 더 커서 잘 보이고 좋지 않겠어?" 아니 그러면 아까 말해주시지. 나도 몰래 언짢은 기분이 된다. 나는 지금 것도 마음에 들고, 딱 좋다고 말해 둔다.

아니다. 계속 걸린다. 이 지팡이가 꼭 강화에 실패한 장비처럼 느껴진다. 나는 후회에 대한 강박이 있다. 에스테야로 돌아가는 길에, K의 말이 걸려 다시 헤수스에게 돌아간다. 지팡이 뒤편에 이것도 좀 달아주세요. 왜 장식을 두 개씩이나 다냐는 헤수스의 말에, 당신의 작품이 너무 마음에 들어서 그렇다며 성의 없는 아부를 했다. "거 봐, 내가 말했지?" 훨씬 낫다며 엄지를 치켜올리는 K에게, 덕분이라며 공을 돌렸다.

집에 돌아가는 길, 파스타를 만들어 먹자고 제안했다. 마침 아까 짐을 맡겼던 공립 알베르게는 주방이 있다고 들었다. 가는 길에 마트가 있으니 들러서 재료를 사가기로 한다. K는 파스타에 일가견이 있다며 자신만만한 모습이다. 다만 그는 엄청나게 꼼꼼

한 성격의 소유자였다. 장을 볼 때 눈에 보이는 순서대로 빠르게 카트에 담는 나와 달리, 하나하나 대조하고 인터넷에 검색하며 재료를 골랐다. 장 보는 시간이 30분이 되어가자, 나는 그만 짜증이 솟구쳤다.

"선생님, 이제 아무거나 넣어도 맛있을 거 같은데요? 배가 고파서요." 지금 돌이켜 생각해보면, 그때 내 말투는 상당히 공격적이었을 듯하다. 어찌저찌 장을 다 보고서 숙소로 돌아오자, 더 큰 문제가 기다리고 있었다.

"Only Microwave."

불을 사용할 수 없다는 안내문. 이 알베르게는 뭘 썰어 먹거나 전자레인지만 이용할 수 있다는 거였다. 장바구니를 열어봤다. 생감자며 양파며 파스타 소스며… 불 없이 먹을 수 있는 게 아무것도 없다. 아… 망했다. 환불이 될까? 머리가 복잡해지며 열이 오른다. 오늘 하루 완전 꼬였구나.

그리고 일순간 열을 식힌 것은 그의 찬물 같은 한마디였다. "내가 아까 그랬지. 출발 전에 주방부터 체크하자고." 어떤 때는 웃는 얼굴이 더 큰 갈등을 불러온다. 빙글빙글 장난스런 표정을 짓고 있는 그에게, 굳은 내 표정을 들키기 싫어서 고개를 돌려 "선생님 말씀이 맞네요." 낮게 대꾸한다.

마트에 환불하러 돌아가는 길. 담배 냄새는 이제 역했다. 토할 것 같았다. 발걸음의 속도를 낮춰 거리를 벌린다. 그의 담배 연기와 이만큼 멀어져도 여전히 속이 안 좋았다.

알고 있다. 원인은 담배 냄새가 아니다. 내 마음이다. 한 번 예민해진 마음은 멋대로 가중치를 만들고 있었다. 걷잡을 수 없이, 나는 그를 점점 미워하고 있었다.

확실한 건 문제는 K에게 있지 않다. 다만, 이 시간이 길어짐에 따라 필사적으로 K의 문제를 찾아내려 할 거다. 내 마음은 절대 나에게 문제가 없다는 걸 증명하고자 할 테니까. 내가 여태껏 망쳐버린 관계에는 항상 이 방어기제가 강하게 작용했다. 내가 예민한 것이거나 내가 잘못된 것이 아니기 위해서 당신을 미워할 수밖에 없다고. 그렇게 '함께'를 거부해온 나는 자발적인 '혼자'로 지내온 날이 많았다. 그러나 그러면서도 늘 함께를 그리워했다. 모순. 나는 어디부터 꼬여온 걸까.

"선생님, 저 내일은 글 좀 쓰려고요. 따로 걸어도 괜찮아요?"
눈치를 챈 걸까. K도 혼자 생각할 일이 있단다. 죄송해요, 저도 선생님이 다정한 사람이라는 거 알아요. 그렇지만 저희는 우연히 길에서 만나면 반가운 딱 그 거리였으면 좋겠어요. 저도 제가 선생님을 미워하지 않을 수 있었으면 좋겠어요.

나는 언제부턴가 너무 가까우면 거리를 두는 나쁜 습관이 생겼다. 그 습관을 여기 까미노까지 가지고 온 내가 지금 너무나 밉다. 같이 있고 싶다고 굳이 잡아두고서 따로 걷자고 말하는 게. 꼬여버린 하루에 헛웃음이 난다. 아니, 꼬인 건 처음부터 나 하나였다.

113 / 779km
30 / 213개 마을

Stella

Linus

09

깜지를 채우는 것처럼

〈반성〉에 대하여

어릴 때, 학창시절에 '깜지'라는 것이 있었다. 뭔가 잘못을 했을 때 쓰는 반성문 같은 건데, A4 한 면에 글을 가득 적는 것이다. 내용은 주로 명심보감, 탈무드 같은 선인의 지혜가 담긴 글이었다. 하얀 지면을 글자로 까맣게 채운다고 '깜지'라 불렀다. 폭력이나 반항 같은 중범죄(?)는 아니고, 몇 분 지각이나 친구한테 나쁜 말을 하는 등의 경범죄로 학교에서 종종 깜지를 썼다. 그때의 기억은 꾹꾹 글씨를 눌러쓰면서도, 이 글귀처럼 '살아야겠다.' 혹은 '다시는 잘못을 저지르면 안 되겠다.' 같은 생각보다는, '도대체 이게 반성이랑 무슨 상관인가.' 같은 생각을 내내 했던 것 같다. 깜지가 아무 효과가 없다는 것의 반증은, 그렇게 같은 글귀를 몇 백 번 반복해서 적었음에도 기억에 남은 구절이 단 한 가지도 없다는 것이다. 워낙 창의적이고 무의미한 체벌이 많았을 시절이니 별스럽지 않긴 했지만서도. 그럼에도 가득 채운 깜지를 보면 묘하게 뿌듯했던 감정이 기억이 난다.

오늘 밀밭을 가로질러 걷는데 문득 까미노가 깜지와 닮았다는 생각이 들었다. 일단 같은 '깜'씨다.(말장난이다.) 하루 종일 빼곡하게 무언가를 반복한다는 공통사항이 있었다. 무슨 말이냐면, 자칫 '지금 내가 무의미한 일을 하고 있나.' 싶었다는 거다. 원인은 아마 어젯밤 알베르게에서 만난 한국인 노인과의 대화이지 싶다.

"제가 오늘 아무래도 무릎이 아파서 버스를 탔지 뭐예요. 그런데 글쎄, 요금이 4.3유로라는 거 있죠? 우스운 거예요. 하루 종일 기를 쓰고 걷는 노력이 겨우 6천 원 치라니. 6천 원 치라니…."

노인은 힘을 주어 반복했다. 신실한 가톨릭 신자에 오래 기대한 순례길임에도 허무함을 감출 수 없었나 보다. 야고보 성인의 마음을 떠올려 보기도, 먼저 이 길을 떠난 훌륭한 이들의 고뇌를 헤아려 보기도 했으나, 결국 이 모든 건 겨우 매일 걷는 것에 지나지 않는다는 허무함.

"그 이상의 의미가 있겠죠. 걷다 보면요."

그 '까미노의 의미'라면 이미 길 위에서 많은 순례자들과의 대화를 통해 익히 모범답안을 가지고 있었다. '걷다 보면 알게 될 거다.' 그것은 '아직 전혀 모르겠다.'와 사실 아주 같지만, 훨씬 그럴싸한 답변이었다. 어김없이 그 답안을 제출했다.

"그럴까요? 저는 조금만 더 걸어보고 버스를 타지 싶어요. 틀리네요, 젊은 사람은요."

나는 젊은 사람 중 늙은 사람에 속하는 사람으로서 나이 때문은 아니라고 반박하고 싶었지만 참았다. '틀리네요.'가 아니라 '다르네요.'가 맞는 표현이라는 것도.

　노인은 이른 아침 버스 정류장으로 떠났다 했다. 여전히 걷기를 선택한 나는 서바이벌에서 살아남은 도전자처럼 약간은 의기양양해졌던 것 같다. 그러나 저 멀리 끝이 없는 밀밭을 보며, 끝내 깜지를 쓰는 어린 날의 내 모습이 떠올라 버렸다. 애초에 반성이 촉매가 되어 출발하게 된 까미노다.

　나는 지금 벌을 받는 건가? 스스로 따끔하게 정신을 차리기 위해? 나는 그저 미련한 것이던지, 아니면 어떤 명분이 필요했던 게 아닐까, 그러니까, 결국 깜지 위에 썼던 '명심보감'처럼, 거룩한 명분이 말이다. 지팡이를 짚는 내 모습을 하늘에서 내려다보면, 어쩌면 그건 영문도 모른 채 하릴없이 깜지를 써내려가는 연필 한 자루처럼 보일 것도 같았다.

다행히 비슷한 회의감에 빠진 사람이 많은가 보다. 얼마 정도 걷다 보니 한국인들의 낙서가 가득한 터널을 만났다.(오해하지 말라, 어글리 코리안이 아닌, 전 세계 순례자들의 상념을 모아둔 기록판 같은 곳이었다.) 아주 오래된 것은 2천 년 대 초반부터, 앞서 지나간 J가 어제 남긴 글귀도 있었다. 한 기록이 눈에 띄었다.

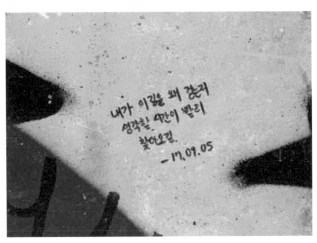

내가 이 길을 왜 걷는지 생각할 시간이 빨리 찾아오길.

- 2017. 9. 5.

단언컨대 5년 전 그도 이 길 위에서 누군가에게 '걷다 보면 알 겠지.'란 말을 입에 달고 지냈을 테다. 그들의 괴로움에서 나는 위안을 얻고 말았다. 이 고약한 심보는 허무한 감정에서 기인한 것이다. 결국 나도, 어젯밤 노인처럼. 한편에 해결되지 않는 '이거 깜지 왜 써야 되는 건데요?' 같은 회의감. 나도 그 아래에 노래 가사 한 구절을 적었다. 일종의 투정이었다.

나는 왜 이 길에 서 있나
이게 정말 나의 길인가
이 길의 끝에서 내 꿈은 이뤄질까

god, 〈길〉 중에서

대학교 시절, 무전여행을 다녀온 적이 있다. 돈 없이 걸어서 하는 여행. 그때 당시에도 이미 한참 한 물 간 여행이었지만(무전여행은 90년대에 유행했다.) 인생의 회의감이 짙었고, 도전이 필요했다. 지금처럼 한 여름날, 수원의 자취방에서 같은 학교 친구를 꼬셔서 바로 다음 날 즉흥으로 떠났다. 몇 박 며칠을 걷고 걸어 부산에 도착했을 때 잠이 미친 듯이 쏟아졌고, 꼬박 하루를 자고 눈을 떴을 때 들었던 첫 감정은 허무함이었던 것 같다.

그 감정이 견딜 수 없이 허무해서 2주 후에 무전여행을 한 번

더 갔다. 이번엔 내가 할 수 있는 한 가장 멀리. 파주 통일전망대
에서 해남 땅끝마을까지. 그러나 여행의 강도가 문제는 아니었던
것 같다. 그 여행에서도 내가 얻어온 의미는, '나는 혼자 힘으론
아무것도 할 수 없구나.'였다. 차를 얻어 타고, 음식을 얻어먹지
않았으면 객사했을 테니까.

'이 폭염특보에, 도움을 준 사람들이 없었다면 절대 해내지 못
했을 거예요.' 같은 어울리지도 않는 시상식 대사를 하고선, 도전
의 무대에서 영영 내려왔다. 그 뒤론 도보여행을 떠나는 일은 없
었다.

이번 까미노에는 타인의 도움을 받을 일이 크게 없다. 돈도 넉
넉히 챙겨왔고, 시간도 충분히 있다. 다시 말하면, 스스로 얻을

교훈 외에는 여행 끝의 허무함을 회피할 방법이 없다. 아름다운 풍경을 즐기고 견문을 넓히고 우정을 다질 용도라면 굳이 까미노를 선택하지는 않았을 테다. 혹시 합리화할 미래의 나에게 분명히 못 박아 두자면, 나는 오로지 의미를 찾기 위해 까미노를 떠나왔다. 의미만 생각하다가는 강박에 매몰될까 봐 모른 척하고 있을 뿐이다.

이 수많은 걸음들이 내 잘못들에 대한 빽빽한 반성문이라 해도, 나는 적어도 가슴속에 암기할 한 문장이라도 챙겨가야만 한다. 나는 벌써, 도착지 산티아고 데 콤포스텔라에서 감격의 눈물을 흘리는 사람들 사이에서, 홀로 하늘만 바라보며 탄식할 내가 두렵다. 혹은, 그저 가득 채운 깜지를 두고 의미도 모르며 뿌듯해할 내가 무섭다. 2017년 9월 먼저 터널을 지난 이에게 묻고 싶다. 그 어드메 번뜩이는 까미노의 깨달음이라는 게 진짜 있긴 있던가. 값진 깨달음으로 일상으로 돌아간 당신에게 구원이 있던가.

이 우울한 감정의 출발이 어제 만난 노인이었던가. 하는 수 없다. 나는 이토록 작은 일에도 쉽게 일희일비하는 사람이다.

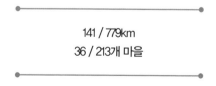

141 / 779km
36 / 213개 마을

10

카르마, 나의 카르마

〈업보〉에 대하여

카르마(Karma): 산스크리트어. 인도계 종교 및 불교에서 사용하는 용어로서, 생각이나 말, 행동으로 지은 원인으로 말미암아 받는 결과를 뜻한다. 대체할 수 있는 한글로는 '업보'가 있다.

까미노를 시작한 지도 열흘째다. 코로나 때문에 쉬긴 했지만, 오늘로 총 170km를 걷는다니, 산티아고 데 콤포스텔라까지 4분의 1쯤 왔다는 사실에 새삼 놀랍다. 여태껏 걸어오며 '부엔 까미노' 만큼이나 많이 본 단어가 있다.

'Karma'.

벽에도 적혀 있고, 알베르게에도, 지나는 어떤 이의 배낭에도 쓰여 있다. 소리 내어 읽어보면 어감상 영어나 스페인어는 아닌 듯한데, 그냥 떡하니 '카르마'만 적혀 있으니 맥락도 통 알 수 없다. 오늘은 숲길을 지나는데 중턱쯤 선 푸드트럭이 있었다. 제로콜라를 하나 사 마시고선 쎄요를 받는데, 글쎄 찍힌 도장에도 '카르마'라고 적혀 있는 게 아니겠는가. 그 끈질긴 어필에 결국 호기심이 동해 인터넷에 검색했다. 카르마는 대체 나에게 무슨 말을 하고 싶은 걸까.

크레덴시알에 찍힌 '카르마' 쎄요

카르마, 쉽게 말하면 '업보'다. 업보. 관용어로 굳혀진 말이라 그냥 오래전부터 쓰는 한자어인 줄 알았는데, 종교적인 뜻을 품고 있었다. 불교에는 윤회라는 개념이 있다. 우리가 흔히 이야기하는 '전생에 나라를 구했다.'의 그 전생과 관련한 말인데, 내가 현생 혹은 전생에서 행한 일들이 결국 돌고 돌아 지금의 나에게 영향을 미친다는 것이다. 만약 전생에 선을 행했다면 이번 생엔 그 보상으로 알 수 없는 행운들이 나를 돕고, 어떤 생엔가 악을 행했다면 반드시 일이 잘 안 풀리거나 불행이 닥치는 것으로 그 벌을 받는다, 뭐 이런 개념이다.

나는 이런 토속적이고 동양적인 개념이 서양에 이렇게 만연하게 퍼져 있다는 것에 놀라지 않을 수 없었다. 심지어 어제 길에서 만난 영국인 올리는 무릎을 다치고서 절뚝거렸는데, 내가 유감을 표했더니 그가 하는 말이, "It's okay, It's my karma."라며 씩 웃어 보이는 게 아닌가. 우리에게 '업보'가 관용어인 만큼, 서양에서는 '카르마'가 관용어로 쓰이는 것이다. 5년 전 미국 LA의 삼촌 집에 머물 적 그 집 가정부 마리아도 청소할 때 버릇처럼 말했었다. "It's my karma, It's my karma."라고. 그녀는 심지어 아르헨티나 출신이었다.

　'인과응보'. 그러니까 인과에는 상응하는 업보가 있다는 것인데, 글쎄 나는 이 말이 어딘가 자기 합리화처럼 들리기도 했다. '지금 내 불행은 내가 어떻게 할 수 없고 단지 어떤 일에 대한 업보일 뿐이야.'란 식으로. 운명에 순응한다는 명분으로 투쟁이나 저항을 회피하는 것처럼 다가온다.

　그렇다면 내게도 비슷한 게 있다. 일이 안 풀리거나 꼬일 때, 인과와 잘잘못을 도무지 모르겠을 때 하는 말. '이게 다 내 탓이지 뭐.' 보통 '자책'이라 부르는 그것이다. 전의를 상실한 적을 집요하게 공격하진 않으니까, 스스로를 탓하면 갈등이 빠르게 풀리거나 일이 단순해지는 경우가 많다. 자책은 사면초가 상황에서 유용한 자기방어 수단이 되어주거나 블랙코미디 정도로 희석된다.

이 글을 쓰는 와중에도 카르마를 하나 더 발견한다. 순례자들을 이끄는 노란 화살표에 적혀 있다. '걸어, 이게 다 네 업보야.' 이렇게 강요하고 싶은 걸까? 그렇다면 여기 모인 순례자들은 모두 운명에 따라 780km를 걷는 형벌을 선고받은 걸까.

걸으면서 생각나는 대부분의 것들은 자기반성이긴 하다. 아무래도 인생의 회의감으로 떠나온 여행에서 첫 순서로 떠오르는 감정은 '후회'다. '좀 더 상황이 좋았다면', '그때 갈등하지 않았다면' 걸음걸음마다 곱씹는다. 의도적으로 그런 생각만 골라 하는 것이 아니다. 그냥 지금처럼 시간만 조금 두었다면 충분히 현명한 선택을 할 수 있었던 것들이다. 그게 아쉬운 것뿐이다. 계속 그런 생각들에 골똘히 집중하다 보면 결국 '내가 더 나은 행동을 했다면…'으로 귀결된다. 이러려고 까미노를 떠나온 것은 아니었으나 결과적으로 악행에 대한 반성을 하고 있으니, 이것은 카르마에 의해 운명적으로 까미노 위에 선 걸지도 모르겠다.

그런 점에서 까미노는 카르마와 결이 비슷하다. 끝이 없는 길을 계속해서 걸으며, 처음에는 답도 없는 길이다. 굳이 이런 길을 걷느냐 하고 길 탓을 한다. 그러다 점점 자기 발의 문제에 집중하고, 자기 체력을 돌아보고, 그러다가 자기 내면에 집중을 하게 된다. 그렇게 나의 탓이나 잘못을 생각하다 보면, 결국 모든 문제가 내 안에 있었다는 걸 느끼는 과정이 여기 까미노에 있다.

더 중요한 것은 모든 해답도 내 안에 있었음을 깨달아 가는 것. 마음가짐이나 태도를 달리하면 훨씬 걷기 수월해지는 경험을 하면서, 문제와 해답 두 가지 모두 내 안에 있다는 걸 깨닫게 된다. 나의 카르마는 결국 내 안의 문제를 남 탓으로 돌리다 쌓인 부작용, 지금의 내 모습이다.

다시 생각해보니 이들이 말하는 카르마는 자신의 불행에 대한 자기 합리화보다는 자신의 악행을 경계하는 마음에 가까운 것 같다. 그러니까 '아, 이래서 나쁜 짓 하고 살면 안 돼.' 정도의 뉘앙스쯤이 아니었을까. 내가 번역가라면 노란 화살표의 카르마에 대해 '그게 다 업보다.' 대신 이렇게 자막을 달겠다. '착하게 살자.' 초월 번역이다.

161 / 779km
38 / 213개 마을

PART. 3

버렸거나,
잃어버렸거나

161km ~ 324km

Day-18

Hornillos del Comino

11

쉬어요

〈재정비〉에 대하여

3주간 수염을 밀지 않았더니 대단한 몰골이 되었다. 머리는 오기 직전 나름 멋을 낸다고 펌을 한 것이나, 매일 걸으며 땀을 흘리다 보니 실험에 실패한 박사 머리가 되었다. 덥수룩한 수염과 폭탄 머리 그 둘이 합쳐지니 '로컬 홈리스'를 방불케 한다. 이게 소도시의 순례자 틈바구니에서는 행색이 어느 정도 변명이 되지만 짐을 풀고 일상복으로 지내는 대도시에서는 사정이 다르다. 건물 앞에 쭈그리고 앉았다가는 곧바로 동전을 적선받을 기세였다.

로그로뇨에 도착하고선 어디 다니지 않고 카페 안쪽에 앉아 내내 글을 쓰며 시간을 보냈다. 없어 보이는 거 아는데, 그 사실을 아는가. 콧수염(정확히는 코와 입 사이의 수염)은 치아로 끊어진다. 진짜. 어떻게 알게 되었냐면 수염이 입술을 간질이기에 이 사이에 집어 넣어보다가 알게 되었다. 이게 은근 중독성이 있어서 카페에 앉아 틈틈이 수염을 이로 끊어내다가, 바깥에 지나는 사람들과 눈이 마주치고서 문득 창피해져 그만뒀다. 아무튼 숨어 있을 것이 아니라, 수염도 자르고 행색을 재정비할 필요가 있었다.

꼭 그래서 그런 건 아니지만, 그래서 또 쉬어간다. 쉰 지 얼마나 되었다고 또 쉬느냐 할 수 있지만, 앞서 말했듯 까미노라는 게 꼭 빠르게 완주해야 할 필요는 없고, 이 로그로뇨처럼 대도시가 아니면 물건 구매나 재정비가 어렵다. 까미노 위의 마을들은 대부분 깡촌이다. 그리고 무엇보다 글과 그림이 너무 밀렸다. 하루에 30km를 걸으며 그림과 글을 하나씩 그리는 게 이 불규칙적이고 게으른 사람에게는 너무 힘에 부쳤다. 이틀간 이곳에 머무르며 밀린 것들을 전부 해소하지 않으면, 가뜩이나 기억력 부족한 내 사정상 수필이 아닌 소설이 될 가능성이 농후하다. "주객전도 아니야?" J가 카톡으로 현명한 소릴 했다. 꼭 글을 쓰려고 까미노를 하는 것처럼 되어버렸다. 그러나 실제로는 밀린 글과 그림 걱정에 걷는 내내 사색에 집중이 안 되어서 내린 특단의 타협이었다. 너그러이 이해해 달라.

대형마트에서 면봉과 면도기, 샴푸를 샀다. 유심 데이터도 다 떨어져 가기에 새로 100GB짜리로 넉넉히 샀다. 체크인 시간이 되자마자 알베르게 화장실에 들어가 하나하나 정돈한다. 수염을 아예 밀고 싶지는 않았다. 순례자 룩에서 덥수룩한 수염이 꽤나 큰 인상을 차지했기에, 끝까지 길러보고 싶었다. 지저분한 부분만 다듬었다. 그 외 내팽개쳐 둔 개인위생을 전체적으로 점검하고 정돈한 뒤 짐을 풀고 나간다. 이 정도만 해도 나름 말쑥해졌다고 자부했다.

이제 카페 안쪽에 숨을 필요 없다. 나는 바로 가장 큰 랜드마크인 성당 앞 야외 카페로 갔다. 제대로 각 잡았다. 밀린 그림부터 그리자. 날짜마다 그릴 대상을 캡처해 두었기에 어렵지 않게 그려 나갈 수 있었다. 고개를 처박고 선을 긋는데, 누군가 말을 건다. 머리가 하얗게 센 노인이다. 옆에는 부인으로 보이는 금발 노인과 함께다. 작업한 것 좀 보잔다. 이곳에서 매일 그렸던 그림들을 몇 장 보여준다. 와우, 대충 지니어스, 아티스트, 고저스 뭐 아무튼 되게 칭찬하는 뉘앙스였다.

나는 금세 신이 났다. "한 장 그려 드릴까요?" 노인은 환하게 반기며, 오늘 저녁 6시에 이 근처 아이리시 펍에서 자기 친구들이랑 한잔하는데, 그때 보여줄 수 있냐고, 술 한잔 사겠다 한다. 완전 오브 코스니까 좀 이따 기대하라고, 신신당부를 하고선 "See you later." 또 보자 하고 노인을 보냈다. 폭풍 같은 시간이 지나고, 깊은 부담감에 쌓인다. 이 즉흥적인 성격을 좀 고쳐야 할 텐데. 밀린 글과 그림은 조금 더 순번이 밀린다.

다행히 바쁜 대도시인들의 기운인지 집중이 잘되었다. 그림도 글도 제법 진도를 나갔고, 의뢰받은 그림도 얼추 완성했다. 알베르게에 들러 낮잠도 조금 자고 왔다. 낮잠 자는 순례자들은 정말이지 평화롭다. 자기 좋은 조건은 아니다. 해가 워낙 지지 않는 나라이기에 빛 차단은 포기해야 한다. 그러나 뭐랄까, 잠들면 안 되는 시간에 잠드는 배덕과 동심의 영향이랄까. 환한 고요함에 빠져들어 솔솔 노곤해진다. 훈련병 시절 오침을 떠올리면 공감이 쉽다. 꿈도 없는 달콤한 낮잠을 자고서 6시보다 조금 늦게 펍에 도착했다.

그들은 6시 반쯤 나타났다. 늦어서 미안하다며, 깜빡 잠에 들었단다. 사실 나돈데. 입 꾹 닫고 너그러운 척을 했다. 그림을 보고선 아주 마음에 들었는지 주변 지인들에게 사진을 전송하고 난리였다. 그제야 그의 자기소개를 들을 수 있었다. 그들 역시 순례자로서 로그로뇨에선 잠시 휴식을 취하는 중이었고, 아일랜드에서 온 중년 부부였다. 이들은 까미노에 큰 의미를 두지 않고 휴가 시즌 마다 그저 스포츠처럼 걷기를 즐기는 듯했다. 이번엔 중간 지점인 레온쯤 간 다음 비행기를 타고 아일랜드로 돌아간다 한다. 우리로 치면 방학에 일본으로 라멘이나 온천 투어를 가는 정도의 의미일까. 가까운 게 최고구나. 까미노를 일생일대의 기회처럼 기다리고 기대해 온 나로서는 약간 맥이 빠지는 느낌이었다.

"술 한잔 살게. 그리고 나도 줄 그림이 있어."

뭐지, 사실 은둔의 그림 고수였고 애송이의 실력 테스트 같은 걸 해본 건가. 그러나 몇 분 후 그의 작품을 보고 납득했다.

그의 작품은 펍의 서버가 가지고 왔다. 아이리시 맥주에 대단한 자부심을 가진 그가 아이리시 펍에서 보자는 것은 이유가 있었다. 서버가 가져온 기네스 맥주에는 거품 위에 마치 라떼 아트처럼 내 얼굴이 그려져 있었다. 낮에 함께 찍은 사진에서 내 얼굴을 따로 뗀 다음, 바텐더에게 부탁한 것이다. 그는 레이저로 거품 위에 내 얼굴을 표현했다. "그건 내가 사는 거야. 내가 그릴 수 있는 그림." 낭만이었다. 그림에 재주가 없던 그가 주는 특별한 그림. 게다가 이런 건 처음 보는 것이었고, 의외의 선물을 받아서인지 나는 그만 감동해버렸다.

어디서 아일랜드 사람들을 다 모았는지, 우리가 있는 가게 앞을 지나는 사람마다 아일랜드인이었고, 어김없이 '조인 어스.' 하며 의자를 하나씩 붙였다. 테이블은 두 개가 되었고, 노부부와 나, 총 세 명으로 시작했던 번개 모임은 곧이어 9인의 대모임이 되었다. 처음에는 나를 이해시키기 위해 천천히 쉬운 단어를 이용하더니, 사람이 늘어감에 따라 말 속도와 단어의 난이도가 올라갔다. 후반에는 무슨 말인지 모르고 그냥 끄덕거리거나 바보처럼 '하하하, 아이가릿, 아이가릿(I got it, 알겠다).' 해댔던 것 같다(사실 아무것도 이해 못했지만).

누군가 그런 말을 했다. 언어를 공부하는 것은 식견의 초점을 높이는 일이라고. 해외여행에서 선명하게 감흥을 느끼기 위해서는 그 나라 언어를 알아야 한다는 것이다. 누가 말했는진 몰라도 탁월한 비유다. 나는 한참을 흐릿한 대화를 듣고 있다. 다만 흐릿한 와중에도 시간은 빨리 흘렀고, 곧 알베르게의 통금 시간인 밤 10시까지 2시간 남짓 남았다.

미안하다, 자꾸 '그'라고 해서. 나는 그림까지 그렸지만, 그 하얀 머리 노인의 이름을 잊어버렸다. 그것은 너무 많은 아일랜드인이 있어서도 기인했다. 물론 내가 좀 취해서도. '그'는 2차를 갈 것을 제안했다. '2차요?' 일순간 새치가 많은 나의 회사 부장이 떠올랐다. 어찌 되었건, 그가 말한 끝내주는 로그로뇨의 최강 타파스 집이 너무나 궁금했기에, 나는 행렬에 가담하지 않을 수 없었다. 평일임에도 화창한 날씨에 사람이 붐볐다. 불가항력적인 어깨빵을 견디며 무적 아이리쉬들과 최강 타파스 집에 도착했고, 나는 이미 취해 있었다. 당연히 지금의 기준에서 그 맛은 기억이 안 난다. 더는 알아들을 수 없는 흐릿한 대화 속에, '통금 시간 다 되었어요. 암 쏘리.'라는 변명으로 얼마 못 있다 그곳을 빠져나오고 말았다. 완전히 엉망이 된 나는 그 와중에도 밀린 글을 써야겠다고, 기특하게도 혼자서 알베르게 주변 술집을 찾았다.

도무지 해가 지지 않아 시간을 가늠할 수 없는 채로 지난 글들을 써 댔다. 이게 맞는 내용인지, 문법인지도 모른 채로 한참을 써 갈겼다. 마티니를 들이켰다. 혼미한 상태로 지난 기억과 감정을 더듬는 것은 고된 일이었다. 나는 쉬는 날 스페인에서, 한국인처럼 야근을 하고 있구나. 누가 시키지도 않은 업무 지시를 나에게 내리고선 무작정 커서 위를 달리고 있었다. 아까 이거 순 주객전도가 아니냐는 J가 떠올랐다.

J, 있지. 우리는 이곳에서 모두 철처한 '객'이야. 여객도, 고객도 아닌, 방랑객. 아니 애초에 우리 이 빈곤한 청춘들이 본향에서라도 '주'였던 적은 있었게? 항상 객 아니었는가, 건물주, 광고주,

고용주 아래에… 이게 뭔 소리야? 나는 그만 조물주까지 탓할 뻔하다 그만둔다. 이 마티니 때문인지 가슴이 뜨거워졌다. 이 순간드는 감정은, 빨리 이 시간이 가고 아침이 와서 까미노를 한없이걷고 싶다는 생각이었다. 뭐지, 나 걷기에 중독된 건가. 아니 그럴 리 없지. 지금 내가 중독된 것은 이 마티니의 알코올뿐일 테다.

161 / 779km
38 / 213개 마을

12

순례자의 이름으로

〈선한 영향력〉에 대하여

일어나자마자 입이 쓰다. 어제는 마티니를 여덟 잔이나 마셨다. 취하려던 건 아니었다. 글을 쓰면서 잘 안 써질 때마다 한 모금 씩 들이켰더니 어느 순간 그렇게 됐다. 숙취까지는 아니고 속이 약간 쓰렸다. '으으으.' 하고 신음하며 1층 로비로 나왔다. 과음을 하고 자정 넘어 잠들어도 5시 반에 저절로 눈이 떠지는 순례자의 생체 루틴이 놀랍다. 순례자들을 한데 모아 K-직장인을 시키면 부장들이 아침마다 '짜란다, 짜란다.' 박수를 칠 텐데.

아, 목마르다. 여기 스페인은 자판기도 잘 안 보인다. 한 10분쯤 걸어가니 카페 한 곳이 문을 열었다. 슬러시 기계 같은 것 안에 레모네이드가 휘휘 돌아가고 있다. 당장에 그거 한잔 달라고 한 다음 그 자리에서 꿀꺽꿀꺽 원샷 했다. 레모네이드 해장은 난생 처음이다. 어제 남은 잔돈을 와르르 쏟아내서 다 줘버렸다. 나름의 감사 표시였다.

아침 일찍 일어난 것은 순례자와 카페 사장뿐만은 아니었다. 산으로 이어지는 큰 공원을 지나는데 와— 하고 큰 소리가 난다. 가까이 가보니 잔디 위에 스프링클러들이 묵묵히 아침 근무를 돌고 있었다. 그 넓은 잔디를 전부 적시기 위해 아주 높고 멀리 물을 뿌려댔다. 넋 놓고 구경하다가 신발이 흠뻑 젖었다. 그런 모습을 비웃듯 푸드덕하고 회색 덩어리가 앞을 날아간다. 그렇지, 쟤네들이 빠지면 섭하지. 만국 공통 동네 텃새, 비둘기님들이다. 아마 산에서 하산하여 도시로 출근하시는 모양이다. 오늘도 부디 차 조심, 파이팅입니다. 아침 풍경을 감상하며 산을 오르자 나의 동료들, 이름 모를 순례자들이 하나둘 보이기 시작했다.

첫날 생 장 피에드 포르에서 만큼의 폭발적인 인파는 아니지만, 까미노 위에는 어느 곳이든 많은 순례자들이 있다. 첫날 순례자 사무소에서 받은 조개껍데기를 배낭에 달고 있기 때문에 멀리서도 알 수 있다. 애초에 이 한여름 땡볕에 제 몸보다 뚱뚱한 가방을 메고 걸어서 여행을 한다는 건 순례자가 아니고서는 비상식적인 행동이다. 여하튼 순례자들은 그런 고생을 서로 공감한다는 듯, 눈이 마주치면 반드시 '부엔 까미노.' 하고 인사한다. '좋은'이라는 뜻의 '부엔'과 '길'이라는 뜻의 '까미노'를 붙여, 좋은 길, '그러니까 좋은 여행 되세요.' 같은 순례자만의 인사인데, 초월번역을 해보자면, '아이고, 더운 날 수고 많으십니다.' 정도의 뉘앙스로 볼 수 있다.

이런저런 생각에 빠져 고개를 처박고 걷고 있는데, 갑자기 뒤에서 누군가 툭툭 친다. 반사적으로 '부엔 까미노.' 한다. 역시나 순례자였다. 약간 숨을 헐떡이는 것 같은데.

"Not this way."

손으로 허공에 엑스 표를 그린다. 어…? 표식 잘 보고 왔는데…? 다시 보니 비석에 표시가 뭔가 모양이 다르다. 아, 생각에 빠져 걷다가 까미노가 아닌 다른 자전거 전용 코스의 표식을 따라온 것이었다. 이 사람은 그걸 알려주려고 무리에서 이탈해 내가 있는 곳까지 뛰어온 모양이다. "아이고, 그라시아스Gracias, 감사합니다, 그라시아스." 한국 추임새를 붙여서 내 나름 아주 감사한 마음을 드러냈다.

산 중턱쯤에선 갈증에 제정신이 아니었다. 아침의 숙취는 해소되었으나 갈증만은 남았던 것이다. 아까 이성을 잃어 레모네이드를 꿀꺽댈 것이 아니라 물 한 통을 샀어야 했다. 등산로를 벗어나 1시간쯤 더 가니 푸드트럭이 한 대 섰다.

오, 구원자여! 그 갈증의 절박함도 있었지만, 트럭 주인이 그야말로 구원자 같은 외모를 하고 있었다. 묘사하자면, 덤블도어와 간달프를 반반 섞은, 한 번 보면 잊을 수 없는 인상이었다. 아, 신비로운 인상 답게 영어를 조금도 못하는 사람이었다. 나는 '쎄요(도장)', '아구아(물)'로, 단어 위주의 아주 예의 없는 주문을 한다. 하나도 못 알아듣겠는 스페인어로(느낌상 그 마저도 사투리인 듯했다.) 웅얼웅얼 대답이 돌아왔으니, 이건 쌍방과실이다. 타는 갈증에, 구원자 앞에서 미친 사람처럼 '원샷쇼'를 하고 후다닥 짐을 들쳐 멘 후 재빨리 등산에 복귀했다.

등산은 도대체 왜 하는 걸까?

뭐 하러 힘들게 높이 오를까?

어차피 내려올 걸 알면서도

뭐 하러 그렇게 높이 오를까?

장기하와 얼굴들, 〈등산은 왜 할까〉 중에서

장기하와 얼굴들의 〈등산은 왜 할까〉를 소리 높여 부르며 지팡이로 탁탁 박자를 맞추던 중이었다. 이번에는 자전거를 탄 푸른 눈의 백인이 옆에 바짝 다가온다. 등에 멘 가방엔 어김없이 조개껍데기가 달려 있다. 내 노래 소리가 너무 컸나…? 이유가 있는 가사라고 설명을 해야 하나? 이런저런 유추를 하고 있는데, 이번엔 프랑스어(로 추정되는)로 뭐라뭐라 한다. 크레덴시알(순례자 여권)을 흔들면서. 뭐지, '자전거를 탔지만 나도 순례자라오.' 뭐 그런 뜻인가? 아. 나는 다시 한번 한국인 추임새를 넣을 수밖에 없었다.

"아이고! 마이 크레덴시알!"

그것은 내가 미친놈처럼 물쇼를 조져놓느라 깜빡하고 구원자 앞에 두고 간 내 크레덴시알이었다. 푸른 눈은 대충 '이런 걸 놓고 가면 어떡하느냐, 안에 적힌 'KIM'을 보고, 동양인인 것 같아서 널 쫓아왔다.'라는 식의 프랑스어를 늘어놓았다. 크레덴시알에는 지난 200km 동안 나의 기록을 담은 소중한 쎄요들이 세 쪽씩이나 찍혀 있었다.

나는 '감사합니다.'를 표현할 줄 몰라서(지나고 난 뒤 내가 '메르씨 보꾸'를 알고 있다는 사실을 깨달았지만, 사람은 당황하면 뇌 회로가 정지하지 않던가) 이거 뭐 돈을 줘야 하나, '감사의 춤' 같은 거라도 춰야 할까, 뭐 그런 생각으로 주춤주춤 바보 같은 몸짓을 했다. 푸른 눈은 그저 손을 들어올려 하이파이브를 해달라고 했다. '척' 그의 장갑 위로 내 손이 둔탁한 소리를 내자, 그는 속도를 올려 휘릭, 앞질러 떠나버렸다. 쿨 가이다. 아, 앞모습이라도 사진 찍어뒀다면 그림이라도 그려 보답하는 건데, 폰을 꺼내어 멀어져가는 그의 뒷모습을 뒤늦게 담으며, 입맛을 다셨다.

의인의 쿨내 나는 뒷모습

유럽 여행 불변의 첫 번째 철칙이 있다. '소매치기를 조심할 것'. 한순간도 방심해서는 안 된다. 그것이 본업인 전문가도 있을 만큼 이곳에는 만연하다. 길을 물어보는 사람, 자신의 작품을 보여주는 사람, 동행을 제안하는 사람, 기타 등등 그 외 모든 이유 없는 선의를 베푸는 사람은 반드시 조심해야 한다. 인종차별의 이슈뿐만이 아니다. 아기자기한 이목구비에 어수룩한 인상의 동양인은 언제나 각종 범죄나 사기의 타깃이 된다. 눈 뜨고 코 베인다는 말은 서울보다는 유럽에 훨씬 더 어울린다. 반대로 말하면, 목적 없는 선의라는 것은 유럽엔 전혀 없다는 것이다. 너무나 많은 피해 사례가 그 가설을 증명하듯이.

그러나 이상하게도, 여기 까미노는 다르다. 여기 표현대로 정말 사람들이 나이스하다. 대가 없는 도움을 주고, 늘 웃는 얼굴로 안부를 묻는다. 길에 잠깐이라도 주저앉아 있으면 'Are you okay?' 컨디션을 걱정해주고, 혼자 밥이라도 먹는다 치면, 처음 보는 사람이라도 'Come on, Join us!' 하고 환대한다. 처음엔 배운 대로 경계하고 'I'm Okay' 사양했으나, 점차 이런 분위기에 동화되어 'Why not?'이 되어간다. 잠깐 화장실을 다녀오거나 할 때는 옆의 처음 보는 순례자에게 고갯짓을 주고받고, 짐을 두고 다녀오는 과감한 한국식 화장실 이용도 시도하게 되었다. 유럽과 다른, 까미노만의 분위기라는 것이 확실히 존재하는 듯했다.

곰곰이 생각해보건대, 그들의 친절의 의미는 같은 고생을 하는 동지에 대한 '동료애'보다는 순례자라는 신분과 좀 더 가깝다. 조개껍데기를 달고 크레덴시알을 지참하는 것보다 더 큰 증명은 '저는 순례자입니다.'라는 신분의 자각이다. 살면서 한 번도 가져보지 못한 '순례자'라는 신분에 나름의 경건한 책임감을 느꼈다. 다른 순례자들도 그랬을 거다.

가톨릭 신자는 물론이고, 해결되지 않는 마음의 문제를 해소하러 온 이들에게도. 순례자가 된 이후부터 이 길은 특별하다. 종교적 가치를 넘어 이 길은 성지이고, 거룩한 순례의 현장이다. 도덕을 지향하고 선을 행하려는 노력. 그것은 이 순례길 위를 걷는 이들에게 불가항력적인 숙명으로 작용하게 된다. 이 길을 첫번째로 걸었던 야고보 성인 역시 예수님을 전도하기 위해 가장 먼저 정비했던 것은 선한 영향력의 자세였을 거고. 다들 그걸 위해 나름의 노력들을 다하고 있다고 생각하니, 어딘가 이들이 친근하고 따듯하게 느껴졌다.

'선의 지향'이라는 기준 없이는 순례자와 방랑자를 구분할 길이 없다. 그저 세상을 걸어서 떠돌고 싶은 거라면 꼭 이 길이 아니라도 되었을 거다. 이 길 위에서 진정한 의미를 얻고 순례자스러워지기 위해서는 이타적인 노력이 필요하다. 순례자로서 선한 영향력에 대한 고민이 필요하다. 그런 수고를 감당한다고 저렴한 식사와 알베르게 혜택을 주는 듯도 하다. 내 앞가림도 못하면서 사명감을 가진다는 것이 우습기도 하지만, 삶의 방향을 잃고서 방랑에 가까운 고뇌의 길을 걷고는 있지만, 어찌 되었든 나도 순례자의 이름으로 여기에 섰다. 내가 할 수 있는 선을 찾고, 돕고, 상호작용해야 할 직업적 명분이 있다. 여기 선을 품은 사람들과 함께한 모든 생각과 행동들이 결국 더 나은 자신에 대한 탐구로 돌아지지 않겠는가. 결과론적으로 이것 역시 나의 카르마다.

아무래도 더 열심히 그림을 그려야겠다. 생각을 상세하게 써야겠다. 말도 행동도 너무 어수룩한 나에게, 가장 가치 있는 선한 영향력이란 아무리 생각해도 기록뿐이다.

191 / 779km
41 / 213개 마을

13

역마
〈자유〉에 대하여

역마(驛馬): 사주에서 살의 한 종류로, 한곳에 정착하지 못하고 여기저기 돌아다니게 되는 운명을 지칭하는 말이다. 과거 역(驛)에서 쓰이던 말들이 한 군데에 정착하지 못하고 여러 역을 떠돌아 다녔던 것에 비유한 용어이다.

웬 개가 짖고 있다. 언제부터 짖고 있던 거지. 아직 창밖은 어둡다. 휴대폰을 확인해보니 이제 막 새벽 4시 반이 되었을 뿐이다.

어젯밤 묵은 이 알베르게는 대단히 규모가 큰 공립 알베르게였다. 최소 금액이 6유로(약 8천 원) 정도로 정해져 있을 뿐, 자유롭게 숙박비를 지불하는 소위 '도네이션 알베르게Donation Albergue'다. 저렴한 가격과 큰 크기 때문인지 이 마을을 지나가는 순례자들은 모두 이 방에 모인 듯하다. 난데없는 개 짖는 소리에 사람들이 몸을 뒤척거린다. 어찌나 사람이 많은지 그 뒤척이는 소리가 바람에 나부끼는 낙엽의 함성마냥 '솨아아' 하고 쏟아진다.

오늘은 '산토 도밍고Santo domingo'라는 마을까지 간다. 그 앞뒤로 20km 근방에는 하루 쉬기에 적당한 마을이 없어서, 아마 이곳의 대부분이 오늘 저녁 다시 만나게 되지 싶다. 숙소 앞에는 브라질에서 온 단체 순례자들이 서로 빙 둘러 손을 맞잡고 기도를 하고 있었다. 나도 몰래 곁에 서서 기도를 올린다. 오늘도 심신의 안녕과 깨달음을 주세요. 아멘.

　개는 숙소의 사람들이 다 깰 때까지 알람을 자처하다가 전부 기상하고 불을 켜고 나서야 깔끔하게 어디론가 퇴장했다.

　원래 아침을 절대 먹지 않는 내가 꼬박꼬박 이곳에서 챙겨 먹는 이유는 오로지 목이 말라서다. 새벽 5시에 나와서 길을 걸으면 당연하게도 문 연 식당이 없다. 문제는 이 나라는 편의점이라는 것 자체가 없는 듯해서, 자판기도 없는 시골이면 아침에 물을 구할 방법이 없다는 것이다. 물론 마을 군데군데 음수대가 있지만, 일전에 유럽 여행에서 물갈이로 고생을 했던 경험이 트라우

마가 되어 선뜻 손이 가지 않았다. 차라리 조금 참고 걷는다.

7시쯤 되면 순례자들을 위해 문을 연 식당이 하나둘 거리 위에 나타난다. 메뉴는 거의 동일하게 생과일 오렌지 주스 한 잔에 샌드위치(라고 해 봤자 퍽퍽한 빵 사이에 하몽Jamón, 스페인식 절인 햄 같은 걸 찔러 넣은 형태) 하나 정도. 가끔 '또르띠야Tortilla de Patatas'라고 하는 감자와 계란을 으깬 파이 조각을 내놓기도 한다. 순례자들을 위해 저렴한 가격 3유로(4천 원대 초반)쯤 제공하고 있는데, 신기하게도 그걸 먹은 날이면 걸을 때 힘이 조금 더 나는 것 같기도 했다. 꼭 한국에 돌아가도 아침을 챙겨 먹을 것처럼 아침 식사가 좋아졌다. 잠깐 이 마을에서 아침을 먹으며 여행을 정비하기로 한다.

어디 보자, 현재까지 총 마을 49군데를 넘었다. 그만큼 오래 걸었다는 실감도 나지만, 이제 초반에 들렀던 마을은 떠올리려 해도 이름조차 가물가물해진다. 당연하다. 단 보름 동안 마을 마흔 군데라니, 지금껏 다닌 어떤 여행에서도 이렇게 잦은 이동을 한 적은 없다. 그 이동의 대명사 유목민마저도 한 군데서 며칠 간은 머물러 숨을 돌렸을 텐데, 하루가 머다 하고 머무른 마을을 떠나버리는 순례자는 어쩌면 굉장히 특별한 여행자인 것이다. 내가 게임을 좋아해서가 아니라, 자꾸 까미노를 게임에 비유하게 되는 게 이런 점 때문인 것 같다. 단시간에 다양한 곳에서 경험치를 쌓는, 꼭 어드벤처류 RPG 게임 같은 특징 말이다. 이런 점이 세계인을 매료시킨 까미노의 매력일지도 모르겠다.

그러고 보면 까미노는 특히 어릴 적 즐겨 하던 포켓몬스터 RPG 게임과 닮았다. 나는 주인공 '레드'로서, 마을에서 마을을 옮겨 다니고 막 풀숲이고 들판이고 맵 위를 계속 걷는다. 그러다 보면 지나다니는 행인이나 마을 주민 같은 NPC들이 막 말을 건다. 근데 대부분 말이 똑같다. 프로그래밍된 것처럼, 'How's it going?', 'How was today?' 그런데 어떤 행인은 뜻밖에 복잡한 말을 건네며 옆에 붙는다. 화면이 바뀐다. 갑자기 어지러운 음악이 막 자동 재생되면서 긴장감이 감돈다. 그는 야생 포켓몬이다! 내가 준비한 기술 목록은 'Good.', 'Where are you from?', 'What's your name?' 이딴 '몸통 박치기' 같은 것밖에 없는데… 그러나 걱정 마라. 머리가 하얘지거든 필살기 '부엔 까미노'를 외치고 탈출하면 된다. 오늘도 포켓몬 센터 같은 알베르게에서 하룻밤 회복하면 '뾰로롱' 하고 화면이 암전되었다가 다시 풀 HP가 되어 하루가 시작될 것이다.

자 똑똑히 봐라. 이 글을 읽는 독자 중 자신의 MBTI가 N(직관형)이라고 우기는 S(감각형)가 있다면, 이 정도 망상력은 되어야 N이라 할 수 있다. 나는 걷는 내내 저절로 이딴 싱싱을 떠올리면서 막 실실거렸다.

산토 도밍고까지 거리가 멀지 않고 시간이 많은 까닭에 마을이 보일 때마다 멈춰서 쉬었다. 한 마을의 식당에서 야외 식탁에 앉아 그림을 그리고 있는데 노부부 한 쌍이 관심을 보이며 온다. 나는 왠지 모르겠지만 이곳에서 노인들의 슈퍼스타다. 노인은 일주일 전 팜플로나에서 날 본 적이 있다고, 그때도 그림을 그리지 않았냐고 묻는다. 그날은 길거리 재즈 공연을 하던 악사들을 그리던 날이었다. 그림을 보여주니, 분명 그날이라며 손뼉을 치며 반가워한다.

'사이먼'이라며 자기소개를 하기에, 나는 '보'라고 했다. 회사를 관두고 귀국 일정 없이 이곳에서 이렇게 매일 그림을 그리고 다닌다며 짤막한 자기소개를 했다. 그랬더니 "Oh, you're Bohemian!" 하는 것이다. 보헤미안? 이름이 '보'라고 해서 라임 맞춘 건가? 어렴풋이 들어본 적 있는 단어라 뉘앙스는 알겠는데 정확한 뜻을 몰랐다. 나는 사이먼에게 산토 도밍고에서 다시 만나면 그림을 주겠다고 약속한 후, 그가 떠나자 보헤미안을 검색해봤다.

과거에 보헤미안이라는 사람들이 있었다. 15세기쯤 체코의 보헤미아 지방에 모여 살던 집시들을 프랑스인들이 그저 '보헤미안 Bohemian, 보헤미아 사람들'이라고 부른 데서 유래된 명칭이다. 그러나 19세기 들어 그 의미가 확대되었다. 사회적 관습에 구애받지 않고 자유분방하게 떠돌아다니는 예술가, 문학인을 가리키는 지칭어가 된 것이다. 맥락상 사이먼이 나더러 '집시 같은 놈!'이라고 하진 않았을 테다. 그는 나의 팬이니까(아니다). 아마 내가 바람 따라 구름 따라 세상을 여행하며 예술을 하는 젊은이쯤으로 보였나 보다.

보헤미안…. 작년에 내 인생 첫 사주를 봐준 강남의 한 점쟁이가 기억이 난다. 결과를 듣기 전부터 그간 살아온 인생을 유추하였을 때 충분히 나올 것을 예상한 사주가 있었다. '역마살'. 여기저기 떠돌아다닐 운명. 그러나 점쟁이의 진단은 좀 더 단호했다.

"이건 여기저기 많이 다니는 정도가 아니라, 아예 한 군데에 있으면 엉덩이가 못 견딜 팔자예요."

사주를 맹신할 생각은 추호도 없었다. 나는 크리스천이고, 태어난 시일의 조합 같은 게 운명을 정할 수는 없다고 생각했으니까. 그러나 역마살의 기운과 물의 성질이 너무 강하다는 조합으로 내린 진단이 너무나 큰 공감을 불러왔다. 늘 집에 오면 전원을 꺼버린 듯 모든 걸 멈췄다가, 밖에 나가 카페라도 가야 뭐라도 시작이 되던 습관, 일주일의 다섯 날을 사무실에 있으면 도저히 견딜 수 없어 주말에 반드시 근교라도 여행을 다녀와야 하는 마음의 움직임. 그리고, 문제가 연쇄적으로 터지자 바로 지구 반대편으로 도피해버린 지금의 내 모습까지. 역마의 말 뜻대로, 나는 역에 주차되어 있는 말마냥 언제든 떠날 준비를 하는 모양이었다. '보헤미안'. 사주를 알 리 없는 낯선 나라 노인 눈에도 그렇게 보일 정도면 무슨 말을 더하겠는가.

사주나 운명을 차치하더라도, 늘 집이 지겨워서 견딜 수가 없었다. 스무 살이 되자마자 그 길로 독립한 후 다시 본가에서 지내는 일은 없었고, 내가 얻은 나의 집에서도 잠을 잘 때 머무는 곳, 그 이상도 이하도 아니었다. 심지어 제주 한 달 살기 때마저, 마지막엔 그 멋진 게스트하우스가 지겨웠으니까. 집뿐만 아니라 회사도 그랬고, 사람도 그랬고, 나를 둘러싼 일상이 모두 그랬다.

지겨운 마음이 힘겨울 때, 여행은 큰 힘이 되었다. 그렇게 일상을 떠나 며칠 낯선 곳에서 지내다 보면, 집이, 일상이 조금은 새롭게 보이는 것이다. 실제 변한 것은 아무것도 없다 해도, 나는 그 환기를 통해 낯설어진 일상을 다시금 사랑할 수 있었다.

그러나 가장 견딜 수 없이 지겨운 건 그 무엇도 아닌 나 자신이었다. 정체된 내 모습은 헌신짝처럼 느껴졌다. 까미노로 떠나온 가장 큰 이유도 지난주, 지난달과 똑같은 내 상태로는 아무것도 바꿀 수 없을 것 같았기 때문이다. 순례자 복장을 하고 매일 새로운 마을을 다니면 내 모습이 매일 다르게 느껴질 테니까. 그럼 나는 돌아가 새롭게 시작할 힘을 얻을 테니까.

어떤 면에서 보면, 여행이란 단순히 사치나 낭비일지도 모른다. 혹
은 우리 영혼 속에는 떠나고 싶다는 마음이 흉터처럼 남아서 자꾸
만 간지러운 것에 불과할지도 모르겠다. 어찌 됐든 나는 여행으로
다시 살아갈 힘을 얻어왔다.
우리는 떠났을 때 비로소 돌아갈 마음이 들기 때문이다.

윤성용, 『게으른 여행법』 중에서

알고 있다. 임시방편으로 떠나온 여행들이 결국 더 큰 자극의
갈증으로 돌아와 스스로 목매게 만든다는 것을. 그건 전혀 보헤
미안도, 자유도 아니다. 역에 매인 말을 누가 자유롭다고 말하겠
는가. 그 말이 비록 팔도를 다니는 말이라 해도. 나의 역마는 이
처럼 늘 내 역의 애증에 대한 반발심으로 만들어져 왔다. 싫증이
잦아 자유의 이름을 빌려 역만 주구장창 옮겨왔다. 역들을 자꾸
도피처로만 쓰는 바람에 나의 역마는 망가진 것이다.

이번 까미노에서, 내가 자유를 얻을 방법은 오직 이 묵은 애증
을 벗는 일뿐이다. 일상에 대한 착시를 얻기 위한 도피 같은 것
말고, 진짜 내 일상을 사랑하기 위한 마음의 변화.

집시의 '방랑'과 보헤미안의 '자유' 그 한 끗 차이도 자신의 철학을 사랑하는가에 달려 있었을 테다. 자유는 결국 역 안에, 언제고 내 안에 있었음을.

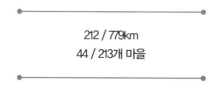

212 / 779km
44 / 213개 마을

14

솜씨가 예술입니다

〈꿈〉에 대하여

나는 웬만하면 혼자 걷기를 자처하고 있으나, 어쩐 일인지 이 까미노에서 인플루언서다. 그러나 오직 노인들에게.

많은 노인들이 나를 알아본다. '나 너 본 적 있어! 어디 어디에 서.' 이런 식으로. 하긴 이렇게 매일 필사적으로 아이패드를 꺼내 끄적대는 순례자는 드물 것이다. 다들 고된 하루가 끝나면 좀 누워서 쉬거나, 삼삼오오 모여 술을 마시거나, 마을을 구경하며 회복을 하기 마련이니까. 아무래도 수염이 덥수룩한 까만 폭탄 머리 동양인은 눈에 띄기도 했을 테고. 몇 마을을 거쳐오는 동안 많은 노인들의 러브콜을 받았다.

주로 그들의 관심사는 내 작업물이다. 학창 시절 쉬는 시간에 그림을 그리고 있으면 기웃대던 반 친구들처럼, '야 너 뭐 그려?' 하고 다가온다. 그러면 나는 은근히 반기며 그렸던 걸 이것저것 보여준다. '나는 매일 까미노에서 만난 사람들을 그려.' 노인들의 흥미로워 하는 표정은 어르신보다는 아이에 가깝다. 천진난만하게 신기해하고, 자기도 써봐도 되냐며 펜슬을 건네 받기도 한다. '네가 원한다면 널 그려 줄게.' 그리고 '우리가 다시 이 길 위에서 만나면 그때 완성되어 있을 거야.' 기쁘게도, 지금껏 그렇게 약속했던 의뢰인들은 모두 길 위에서 다시 만났다. 그림을 건네주면 정말 아이같이 좋아하는 모습에 충만한 뿌듯함을 느낀다. 걷다 보면 언젠가 다시 만나게 되는 까미노의 특별한 점이 이런 낭만을 만들어 낸다.

아티스트! 그들이 주는 찬사 중 가장 많은 비중을 차지하는 단어다. 어제의 사이먼처럼, 그들 눈에는 내가 어떤 나만의 세계를 구축해 나가는 예술가처럼 비치나 보다. 그러나 나는 예술가인가? 그 말은 항상 나를 부끄럽게 만든다.

나는 대학 시절 디자인을 전공했다. 상업과 예술의 경계에 섦으로 현실과 타협을 한 부류다. 미술보다는 디자인이 현대 사회에 수요가 더 많으니까. 그렇게 돈을 택하고 가난한 예술을 버린 별로, 문외한에게 예술가라는 지칭을 당하면 '전 변절자인 걸요.' 같은 죄스러운 마음이 생긴 듯하다. 그것은 '순수미술'이라는 단어로 반증되는 탈순수의 부끄러움일지도 모른다. 그래서 이 까미노에서 그림을 선물할 땐 더욱더 '아녜요, 돈 안 주셔도 돼요. 이건 공짜예요!' 하고 힘주어 말하곤 한다.

이 탈순수에 대한 자책은 사실 다른 누구도 아닌 내 자신에 대한 죄책감에서 시작된 것이다.

약 20년 전 어느 날 그림이 덜컥 좋아져버린 나는, 초등학생 내내 한 번도 장래희망에서 화가가 빠진 일이 없다. 그게 입에 파이프를 문 화가든, 한 권 빼곡히 그려내는 만화가든. 쉬는 시간에는 화장실 가는 시간을 아껴 자리에서 그림을 그렸고, 하교할 때면 얼른 집에 가서 내 노트를 펼칠 생각에 팔짝팔짝 뛰어서 집에 갔다. 일기장은 누가 시키지도 않았는데 일반 일기보다 그림 일기가 많았다. 꿈에 대한 참으로 순수한 열정이었다.

예고 진학에 실패했다. 이때부터 '예술'과 척을 진 걸까, 그 당시 실업계였던 '디자인고'로 진학했다. 물론 디자인엔 관심이 조금도 없었다. '여기 가면 그래도 일반 학교보단 그림 많이 그릴 수 있대.' 스스로에게 그렇게 다독였다. 그러나 1학년, 2학년, 성인에 한 발 한 발 가까워질수록 어쩐지 그림이 창피해졌다. 오타쿠 같기도 하고, 다들 몰려서 놀러 다닐 때 혼자 자리에 앉아 그림을 그리는 것이, 꼭 추억을 빼앗기는 기분이었다. 전공 선생님들이 늘 하시던 말씀, '그림은 돈 안 돼 얘들아, 정신 차려.' 그렇게 고3, 정신을 차렸을 땐 매일 그림 대신 수능 공부를 하고 있었다. 물론 화가와는 전혀 상관없는 일이었다.

그 뒤로도 스스로에게 회유는 계속되었다. '대학만 가면', '방학만 하면', '취업만 하면'… 결국 그 약속들은 전부 바쁘다는 핑계로 지켜지지 못했고, 어린 시절 희망 직업이었던 화가나 만화가 대신 20년 뒤 장래의 나는 마케터가 되었다. 예술 계열과 정반대인 상경 계열로. 인생의 전부였던 그림은 일주일에 한두 번 펜을 잡을까 말까 하는 아주 사소한 일부가 되었고, 심지어는 자기소개에서도 '특기'란에서 '취미'란으로 강등되었다. 그때 내 안의 순수는, 순수미술은 기분이 어땠을까. 아주 비참했겠지?

숙소에는 오후 4시나 되어서야 느지막이 도착했다. 거리가 31km로 평소에 비해 조금 길게 걸은 까닭이었다. 며칠 전 훌쩍 앞질러 간 J에게 추천 받은 숙소다. 아주 자그마한 일반 가정집 같이, 아니 시골집같이 생긴 알베르게. 숙소 이름도 알베르게가 아닌 까사casa, 집다. 대문 앞엔 이곳을 운영하는 두 노부부의 이름이 나란히 적혀 있다.

삐그덕 대문을 여니 아기 고양이 넷이 발랄하게 외지인을 반긴다. 어쩐 일인지 여기 남주인 '울리'는 한국어를 좀 안다. 근데 웬 '방가 방가'. 좀 업데이트가 더딘 모양이다. 저녁 식사를 신청하겠냐는 말에, 스페인 가정식이 나온다는 J의 말이 생각나 신청했다. 오늘의 게스트는 할아버지를 모시고 온 런던 출신 자매 둘, 독일 여자 하나, 그리고 나 이렇게 총 다섯이 끝. 여주인 '사비나'의 말로는, 이것이 풀 부킹(Full booking)이란다. 시골집 답다.

여전히 해가 높아 하나도 실감 나지 않는 저녁 7시가 되었다. 마을은 시골 답게 할 것이 정말 하나도 없어서, 다들 예정된 시간보다 한 30분씩은 일찍 와 로비에 앉아 있었다. 이제 게스트 다섯, 호스트 둘, 이 공간의 모든 사람들이 식탁에 둘러앉았다.

식사가 시작됐다. 식전 에피타이저로 새큼한 소스의 샐러드가 나왔다. 소스가 처음 맛보는 특이한 것이었는데, 위화감 없이 맛이 잘 어울렸다. 국적이 다들 달랐기에 아주 천천히, 쉬운 영어 위주로 이야기를 나눴다. 주로 사회는 런던의 큰 손녀가 봤다. 그런 중에도 먹는 속도가 상당히 빨랐는데, 다들 익숙하다는 듯 빵을 들어 남은 수프를 닦아 먹는다. 아 얘네도 '남김없이 먹기' 같은 게 식사 예절이구나. 나도 따라서 빵으로 슥슥슥슥 설거지를 했다.

이어서 메인 디시가 나온다. '라구Ragu'라고 하는 수프와 손으로 떼어 만든 파스타가 나왔다. 파스타는 수제비에 가까웠다. 단언컨대, 그것은 이 까미노에서 먹은 음식 중 가장 맛있었다. 아니, 스페인 식당들아, 이렇게 맛있는 음식도 있으면서 왜 맨날 딱딱

빵이랑 하몽만 파는 거야? 식탁 위로 이런저런 짧은 문장들을 던지고 있길래 그 틈새로 나도 한마디 던졌다.

"울리, You must make the restaurant."

'Very delicious'가 식상할까 봐 나름 고민한 말이었다. 우리말로 '이 정도면 식당 해야겠는데요?' 정도. 주변에서 격한 끄덕임을 통해 미루어 보건대 의도는 전달된 듯했다. 그런데 울리는 'Thank you'나 'You're welcome'이 아닌, 진지한 표정으로 말한다.

"나는 식당을 하지 않을 거야. 음식 만드는 것이 행복하거든."

무슨 말이지. 당최 이해할 수 없는 말에 모두 추가 설명을 기다리고 있었다. 그는 자신이 만든 라구를 한 숟갈 뜨더니, 말을 이어갔다.

"프로페션(Profession, 직업)과 패션(Passion, 열정)은 서로 비슷하지만 완전히 달라. 식당을 만들면, 음식을 만드는 것이 행복하지만은 않을 거야. 손님은 지불한 금액에 대해 컴플레인을 할 수도 있고, 나는 내 음식에 대해 괴로워할 수도 있어. 나는 게스트들에게 요리를 대접하는 지금 내 열정이 좋아."

아주 천천히, 분명하고 쉬운 단어를 골라 또박또박 말했다. 그것은 영어가 서툰 동양인을 위한 배려뿐만 아니라 의지가 뚝뚝 묻어나는 그의 철학이었다.

나는 울리의 말을 들으며 농구 선수 서장훈의 말이 떠올랐다. 힐링캠프에서 그는, 어린 시절부터 그렇게 농구를 좋아했다면서, 현역 내내 농구를 즐긴 적이 없다고 했다. 한 분야에서 정점을 찍기 위해서, 돈을 번다는 직업적 사명이 있기에, 그는 항상 농구를 어려워했다. 그의 말은 뼈를 때리는 조언이고, 아주 맞는 말이었다.

그러나 맞은 뼈가 너무 시렸다. 무언가 정말 좋아한다면 그것을 더 잘하기 위해 즐겁지 않아야 한다는 것이. 나는 그것이 '농구'라는 스포츠가 아니라, '농구선수'라는 직업에 대한 조언임을 알아챘다. 대가를 위해, 책임을 위해 즐거울 수만은 없는 '직업'의 숙명. 울리는 그래서 요리사가 될 수 없었다. 울리의 열정의 원동력은 '즐거움'이었기 때문이다.

출처: SBS 〈힐링캠프〉 중

울리는 결국 플라스틱을 만드는 기술자로 평생을 일했단다. 그 돈으로 알베르게를 차려 지금은 매일 자신이 좋아하는 요리를 하고 있으니, 그는 요리하는 즐거움을 지켜낸 셈이다. 다들 자신의 직업을 떠올리고 있는 건지 묵묵히, 또 일제히 빵을 들어 소스를 닦아 먹기 시작한다. 나도 홀린 듯 빵을 들었다.

"Your cooking is like art." 나는 '솜씨가 아주 예술이다.' 같은 말이 하고 싶었다. 다들 우물거리며 고개를 끄덕이는 걸 보아 이번에도 의도가 전달된 듯하다. 그 모습을 지켜보는 울리가 흐뭇한 미소를 짓는다. 그야말로 행복해 보였다.

나도 화가가 되었다면, 언젠가 순수미술을 미워했겠지? 가난한 직업이라고, 돈을 못 벌어온다는 이유로. 그러면 나는 이겨낼 수 있었을까? 서장훈처럼, 꿋꿋하게 그 길을 갈 수 있었을까? 다른 건 몰라도, 그림을 그리는 즐거움을 잊었을 것은 분명하다. '그림 같은 건 지긋지긋해.', '왜 화가 같은 걸 해가지고.' 같은 말을 입에 달고 살았을 테다. 그 입에는 늘 독한 파이프 담배도 달았을 테고, 불행을 뻑뻑 피우고, 슬픔을 자작자작 태워가면서.

내가 화가 대신 다른 직업을 선택한 이유는, 어쩌면 그림과 함께 살아가기 위한 방법이었을지도 모른다. 지금의 나를 원망하고 있을 어린 날의 나에게, 이것은 심심한 위로이자 구차한 변명이다.

울리가 내일 아침 일정에 대해 묻는다. 필시 그는 아침에 만들 식사만 생각하고 있는 거겠지. 나는 새벽에 일찍 떠나야 한다고 했다.

"그건 낫 굿 아이디어야. 이곳 새벽에는 울프도 있고, 팍스도 있고, 와일드 피그, 어그레시브한 구스도 있어. 심지어 브라운 베어도 가끔 나와!"

아침을 못 먹고 떠나는 것에 대한 서운함의 표현이었을까. 울리가 소리 높여 말했다. 나는 그가 동물들을 열거하는 동안 머리를 굴려 대답을 만들어 냈다.

"Oh, This is Spanish Zoo!"

전부 와르르 하고 웃었다. 외국인에게 인정받은 첫 서양 조크였다. 런던 노인의 '나 이제 잘래.'를 시작으로 다들 각자의 방향으로 흩어졌다. 나는 식탁에 홀로 남았다.

예술가라고 불리는 것은 부끄럽다. 나는 미술인으로서 감당해야 할 불행에서 도망쳤다. 그러나 어린 시절, 팔짝이며 집을 향하던 그날들처럼, 교과서에 고개를 처박고 낙서를 하던 나날들처럼, 여전히 그림을 그릴 때 행복하다. 특히 여행에서는 더욱. 회사를 휴직하고 최근에야 다시 화해하게 된 미술과의 관계에서 최선을 다해야 하는 건 내 쪽이다. 내가 애정을 더 표현하고, 지속을 더 고민해야 할 일이다.

그러니까 나는 오늘도 그림을 그려야겠다.

242 / 779km

53 / 213개 마을

15

비가 내리고 음악이 흐르면
난 당신을 생각해요

〈관계〉에 대하여

사람을 만나고 싶다.

어제는 부르고스^{Burgos}에서 하루 종일 혼자 글을 썼고 엊그제는 한 마디도 안 한 채 혼자 걸었다. 사흘 전 초면의 외국인들과 함께 저녁 식사를 하긴 했지만, 심도 있는 대화라기보단 좋은 식사를 위한 반찬 같은 관용적인 대화 내용들이었다. 생각해보니 혼자가 된 지 한참 되었다. 내 내면에 집중하겠답시고 주변에는 SNS와 카톡을 삭제하고 떠난다고 선언했다(실제론 삭제 안 했지만). 덕분에 시시콜콜한 TMI를 늘어놓던 친구들도 잠잠하다.

나 지금 너무 심심하다. 입을 열 일이 도무지 없다. 하루 온종일 같은 풍경을 보며 걷는 것은 함께하는 사람 없이는 꽤나 난이도가 높은 활동이었다. 이래서 다들 친구랑 오거나 동행을 구하는구나. 혼자 걸어 다니면 글 쓸 소재도 마땅히 안 나온다. 애초에 이 여행은 놀랍도록 매일 똑같은 형태로 먹고 자고 걷는 여행이다.

2주 전 푸엔테 라 레이나^{Puente la reina}에서 만났던 한국인들에게 카톡이 왔다. 그들은 아직도 여전히 왁자지껄하게 뭉쳐 다니고 있다고 한다. 약간 부러운 감정이 든다. 그래, 내가 그동안 너무 소극적이었지. 언제까지고 사람들이 나에게 먼저 말을 걸고 관심을 가질 거라 생각했던 오만인 것이다. 내가 먼저 거는 말이란

'부엔 까미노'가 전부였으니. 오늘은 반드시 내가 먼저 말을 걸어 봐야지. 길동무를 꼭 만들기로 한다.

가볍게 5km 정도의 거리를 걸어서 한 마을에 도착했다. 이 카 페에서 아침을 해결해야겠다. 카페는 아주 한산하다. 또르띠야 한 조각과 제로 콜라 하나를 받아서 자리에 오는데 저편에 20대 백인 여자애들 둘이 보인다. 돌아보니 이곳의 순례자란 나와 쟤 네가 전부다.

그래, 말을 걸어보자! 하지만, 뭐랄까 차가운 푸른색의 눈빛 혹 은 쪽수의 열세 때문일까, 쉽게 자격지심에 따라 주눅이 들고 만 다. 잠깐 화장실에 가서 거울로 상태를 정돈해야겠다. 이럴 수가, 덥수룩한 수염과 대걸레를 닮은 앞머리, 어젯밤 들이킨 마티니 때문에 잔뜩 부은 눈두덩이까지, 내가 봐도 '친근'이랑 거리가 먼 몰골이었다. 외모만 보면 죄명은 몰라도 범죄자가 분명했다. 우 리는 그림체가 너무 다르구나. 결국 말 붙이는 걸 포기하고 고개 처박고 또르띠야나 먹는다. 짐을 챙겨서 카페를 나가는 그들을 보며 한숨을 쉬었다.

대체 그 많던 순례자들은 다 어디로 갔단 말이냐. 내가 모르는 루트가 있나. 지난주 로그로뇨를 넘어오고서부터 사람이 통 안 보인다. 한국인만을 말하는 것이 아니다. 그냥 길에 사람이 없다. 노란 화살표가 없었다면 길을 잃었다고 착각할 정도였다. 그런데다가, 아침에 알베르게를 나설 때부터 하늘이 빽빽하더니 날씨도 심상찮다. 이윽고 평야에 우르릉하고 천둥 소리가 외친다. 구름은 어느새 색깔이 바뀌었다. 새까만 먹구름이다. 커다란 빗방울들이 새까만 내 팔을 마구 두들긴다.

장대비다.

정말 웬만하면 비를 맞으며 걸으려 했으나 내 아이패드만은 젖게 할 수 없었다. 비는 점점 빼곡해진다. 한국에서 가져온 판초 우의를 이제야 처음 꺼낸다. 비가 안 오길래 버리려고 했는데 갖고 있길 잘했다. 새것이나 다름없는 그것을 어색하게 뒤집어쓴다. 분명 쇼핑몰에서 봤을 땐 디자인이 괜찮았는데 실제 입어보

니 거적때기 같다. 뒤집어쓴 모습이 '해리포터' 시리즈의 '디멘터'처럼 생겼다. 색깔이라도 좀 밝은 거 살걸.

아무도 없는 이 들판에 혼자 비를 맞고 있으려니 어딘가 더 쓸쓸하다. 노래라도 들어야겠다. 나는 비 오는 날 선우정아 노래 듣는 것을 좋아한다. 유튜브에서 '선우정아 노래 모음'을 검색한다. 어차피 사람도 하나 없고 빗소리랑 같이 듣고 싶어서 에어팟을 집어넣었다. 볼륨을 최대로 높였다.

여기 사람이 없으니 내가 아는 사람들이라도 떠올려야겠다.

가장 먼저 떠오르는 건 어쩔 수 없이 봄에 헤어진 여자친구다. 수만 가지 아쉬운 장면들이 회상씬 재생을 준비하고 있었지만, 그쪽으로 갔다간 정말 우울해질 것 같아서 얼른 머리를 털어 생각을 털어낸다.

다음. 아쉬운 순인지, 곧이어 떠오르는 것은 까미노 출발 직전에 관두고 나온 스타트업의 동료들이다. 마지막 2주간은 정말 많이 싸웠다. 상처를 주고받던 말들이 말풍선처럼 허공에 떠오른다. 아쉬운 마음은 사업에 들인 노력보다, 그들과의 틀어진 관계다. 정이 많이 들었던 모양이다.

그 이후로 떠오르는 장면과 인물들은 죄다 무언가 사이가 틀어진 사람들이었다. 내가 이토록 반사회적인 사람이었나 싶을 정도로, 내 인생의 악역이 되어버린 그 많은 인물들과 하이라이트 갈등 장면만 골라 군데군데 떠올랐다. 개중에는 아직 해결되지 않은 일들도 많았다.

마지막 순서는 이 회상의 계기가 된 불알친구 D다. 순례길 출발 이틀 전, 그와 홍대에서 소주를 마셨다. 그 날의 주제는 인간관계였다. 혀가 살짝 꼬인 그는 한 잔 삼키고서 말했다.

"넌 고등학교 때부터 항상 적이 많았어.

물론 네가 눈에 띄는 요주의 인물이었고, 걔네 잘못이 있던 걸수도 있지. 근데 솔직한 거랑 노골적인 건 한 끗 차이거든. 네가칼 같이 굴어서 멀어진 사람들을 좀 생각해봐. 그 순례길 걸으면서."

그는 사람 좋아하는 성격으로, 어떤 무리에서든 적을 만들지 않는 것이 본인의 인간관계 철칙이었다. 생각해보면 내가 주변에 사람을 많이 두기 시작한 것도 그의 영향이 컸다. 우리는 지독한 인연으로 논산훈련소의 내무반 동기가 되었는데, 주말마다 인터넷 편지를 왕창 받는 그가 못 견디게 부러웠거든. 그것이 계기가 되어 제대 후 닥치는 대로 사람 관계를 늘리는 것에 집중했다. 교내 생활과 대외활동, 지인의 지인까지. 낯선 사람과 이야기하는 것도, 그들을 내 사람으로 만드는 것도, 그러니까 새로운 사람 사귀는 일이 너무 재미있었다. 주변 사람들은 말했다. '하여간 넌

참 사람 좋아한다니까.'

D가 '사람 좋아 보이는 사람' 이미지를 유지하느라 원치 않은 관계에서 더 많은 노력을 기울이고 있다는 사실을 알게 된 건, 그로부터 한참 후였다.

만나는 사람은 줄어들고 그리운 사람은 늘어간다
끊어진 연에 미련은 없더라도 그리운 마음은 막지 못해

선우정아, 〈그러려니〉 중에서

목적성 관계, 안 맞는 성격, 오해와 배신. 인간관계에 얼마나 다양한 불협화음들이 존재하던가. 어느 순간 그 모든 것을 감내하는 것이 피곤해졌다. 급하게 늘었던 인간관계만큼 감당해야 할 감정 노동도 초과근무 상태가 되었다. D가 말했던 내 칼 같은 성격은 대부분 이때 형성된 것이다. 직선적인 말과 칼로 그은 선 앞에서 어중간한 관계들이 하나둘 멀어져갔고, 그들 중 일부는 적으로 완전히 돌아섰다. 그래도 괜찮았다. 인간관계에 지쳐 사느니 적이 많은 게 낫다고 생각했다. 그렇게 점점 사람 만나는 일에 소극적이게 되더니, 작년을 기점으로 아주 낯가리는 사람이 되었다. 혼자가 좋다. 더 이상 아무도 필요 없다. 정원 초과였다.

출처: 영화 〈577 프로젝트〉 중

2~3년 사이에 더 심해졌구요. 지금은 최고조에 달해 있어요. 낯가림이. 이제 더 이상 누군가와 친해지려 노력하는 게 귀찮아졌고, 그게 너무 에너지 소비가 크다는 생각이 들었고…

〈577 프로젝트〉, 배우 공효진의 인터뷰 중에서

'미안하지만 내 일상은 정원 초과야.' 나의 인생으로 누군가 들어오는 걸 극도로 경계하고 있다. 아, 나는 내 내면에 집중하는 걸 좋아하는 성격이었구나 생각했는데, 나이를 먹으며 튼튼하게 세워 올린 것은 자아가 아니라 마음의 벽이었나 보다. 감정 노동을 견디거나 피해를 끼치는 것보단, 혼자가 차라리 낫지. 그래도 이렇게 혼자가 사무치게 외로운 비 오는 날이면 다시 이렇게 사람을 찾고 사람을 떠올리는 게, 나는 참 비겁한 사회적 동물이다.

언제부턴가 팔이 허전하다. 아뿔싸, 오른팔에 끼고 있던 바람막이를 어딘가 떨어트린 모양이다. 노랫소리가 커서 눈치를 못 챘다. 바닥이 비에 젖어 완전 진흙탕이 되었는데… 휘적휘적 왔던 길을 정신없이 돌아갔다. 축 처진 앞머리가 치렁치렁 비에 젖어서 앞도 잘 안 보인다. 저기 있네. 한 500m쯤 뒤에 무슨 들짐승 시체 같은 모양을 한 내 소중한 바람막이가 떨어져 있다. 얼른 그걸 들어 비를 털어내고 흙을 털어내고 있는데 "부엔 까미노." 사람 목소리가 들린다. 고개를 들어보니 아까 그 카페의 여자애들이다.

이렇게 다시 만날 줄은 몰랐다. 나는 순간 회로가 정지해서 입을 멋대로 움직였다. "Umm…. It's rainy day…!" 잠깐의 정적을 빗소리가 채우고, 곧이어 그들 중 한 명이 'Yeah, So rainy.' 한다. 잠깐 스쳐 가는 몇 초였으나 그렇게 어색하고 길었던 것은 이곳에서 처음이었다.

번개가 내리는 어두운 광야, 눈을 가린 까만 망토를 쓴 남자, 음울한 배경음악… 그들의 눈에 비친 모습은 어디 사망의 협곡 같은 데서 소환된 죽음의 망자 같은 모습이었을 거다. 선우정아

의 우울한 허밍이 그들이 떠나간 자리에 끝도 없이 흐느낀다. 빗
소리와 함께….

　알베르게에 도착했더니 따로 온 젊은 남녀 둘이 그 앞에 앉아
있다. 얼굴을 붉힌 것이, 썸을 타는 모양이다. 앞으로 이 길에서
절대로 커플은 그리지 않겠다 다짐한다.
　그냥 오늘은 이대로 한없이 장대비가 쏟아졌으면 좋겠다.

305 / 779km
64 / 213개 마을

16

순례자의 밤

〈외로움〉에 대하여

나는 개똥벌레 친구가 없네

노래하는 새들도 멀리 떠나가네

신형원, 〈개똥벌레〉 중에서

개똥벌레가 반딧불이라는 사실을 아는가? 쇠똥구리와 혼동하여 얘네는 개똥을 굴리는 애들인가 오해하는 경우가 있지만, 그들은 개똥이랑 아무 상관 없다. 개똥은 '흔해 빠진'이라는 뜻의 접두사일 뿐이다. 개똥지빠귀, 개똥참외, 개똥쑥 또한 같은 이유로 개의 배설물과는 전혀 관계없다. 그저 그 당시엔 반딧불이가 어디든 보일 만큼 흔했을 뿐이다. 그렇다면 그렇게 흔해 빠진, 지천에 널린 개똥벌레는 왜 그렇게 외롭다고 노래노래를 불렀을까? 결국 개똥이 싫고 자기 같은 개똥벌레가 싫었던 거다. 자기 같이 개똥무덤에 사는 더러운 개똥벌레 말고, 노래하는 새들을 곁에 두고 싶었던 거다. 지겨움에서 출발한 싫증이 자기혐오로 번진다.

갑자기 개똥벌레 이야기를 왜 하느냐면, 그것은 바로 지금 이 아무도 없는 밀밭 한가운데서 동양인 하나가 고래고래 〈개똥벌레〉를 부르고 있기 때문이다. 나는 이제 사색이 지겹다. 나 혼자 뱅뱅 도는 이 반성과 자기혐오의 생각들이 지겹다. 한국인, 이 공감의 정서와 각자 나름의 고찰을 가진 한국인들과 너무 이야기하고 싶다. 어제 묵었던 알베르게에서는 커뮤니티 디너^{Community dinner}라고 해서, 주인이 음식을 하면 그걸 순례자들이 다 같이 나눠 먹는 저녁 식사를 진행했다. 결속을 위해서 마련된 프로그램이었겠지만, 각자 다른 나라에서 온 그들이 모여 할 수 있는 공통된 주제가 무엇이 있었겠는가. 직업, 가족, 문화, 일정… 아주 표면적이다 못해 프로필 상의 데이터베이스 같은 내용들, 공허함을 전혀 채워줄 수 없는 면접 질문 같은 내용들이 오갔을 뿐이다. 거기에 잘 들리지 않는 그들의 언어와 뉘앙스에는 벽 같은 것이 보일 정도였다.

결정적으로는 어제 그 썸 타는 여행자 둘. 그들이 외로움의 증폭제가 되어, 나는 내 감정과 이 마음을 공감할 수 있는 사람이 너무 필요하게 된 것이다. 아아– 아아아아– 아니, 이게 아니다. 더 처절하게 부르고 싶었다. 키를 몇 칸 올렸다. 아아! 아아아아! 쓰라린 가슴 안고– 내 몸에서 개똥 냄새가 나는 것도 같았다.

J고, K고, 다들 너무 그리워졌다. 잘 지내니? 간간이 오는 카톡을 보면 좋은 동행들을 만나 우정을 쌓고 있다던데. 그들이 내내 지저귀던 소리가 내 명상을 방해하는 잡음이라고 생각했던 개똥벌레는 반성 중이다. 너희는 단조로운 소음 같은 내 까미노

를 의미 있는 가삿말로, 다채로운 멜로디로 만들어준 꾀꼬리였구나? 첫날에 한국인이 너무 많은 건 싫다고 했던 것이 후회되었다. 그건 유럽 관광 여행에서나 이야기지, 여기 까미노에서는 절대 아니라는 사실을 깨달았다.

문득 까미노 어딘가에 있다는 한국인이 운영하는 알베르게에 대해 떠올랐다. 커다란 나무 그늘 아래 멈춰서 무작정 구글에 '한국인 알베르게'를 검색했다. 저 앞 피레네 앞쪽에 하나, 카스트로 뭐시기라는 곳에 하나, 총 두 군데뿐이란다. 카스트로… 어딘가 익숙한 이름인데. 위치를 쳐보니 이곳에서 바로 20km 정도밖에 떨어지지 않은 초근접 마을, '카스트로헤리츠Castrojeriz'였다. 이럴 수가! 점심으로 김밥과 라면을 주고, 커뮤니티 디너로는 된장국에 비빔밥을 준다는 두 달 전 리뷰다. 심지어 리뷰어는 한국인 여자였다. 오케이, 나는 반드시 오늘 이곳에 가서 한국인 친구를 만들 것이다. 그게 남자든 여자든 노인이든 젊은이든 상관없다. 여기 이 개똥벌레는 이번에는 노래하는 새를 시끄럽다고 쫓아버리지 않을 것이다.

카스트로헤리츠까지 가는 길은 여전히 혼자였기 때문에, 이 들뜬 마음을 표현할 방법은 없었다. 그저 노래를 단조에서 장조로 바꿔서 선곡하여 불렀을 뿐이다. 굽이굽이 돌아가는 이 끝도 없는 고원이 귀찮기도 하였지만, 그건 그냥 돌아가는 전자레인지 앞에서 맛있는 음식을 기다리는 설레는 시간 정도에 불과했다.

"안녕하세요~ 한국분이세요?"

아, 이 듣기 좋은 음색과 발음. 아름다운 한국어, 한국 사람이다. 한국인 여사장님이 반갑게 맞아주신다. 그녀의 뒤로는 한국의 봉지라면들과 깻잎 통조림, 광천 김이 반겨준다. 당신이 이 글들에서 진한 낯선 땅, 스페인의 향기를 즐기고 있었다면 미안하다. 이곳은 내가 그리워하던 한국 그 자체였다. 알림판에는 맨 첫순서로 한국어가 적혀 있고, 입간판에는 한국 음식들로 홍보를한, 그리운 나의 고향이었다. 김밥도, 김치도, 라면도 너무들 반가웠지만 나를 가장 기대하게 만든 건 이 한국인 알베르게를 찾아올 나의 동행, 한국인들이었다.

"어쩌죠? 오늘 예약 손님 중엔 한국인이 없네요."

사장님이 말했다. 아, 뭐 괜찮습니다. 저는 뭐 예약하고 왔나
요. 즉흥적인 한국인이면 더 좋다. 역시 뭘 좀 안다. 걷다가 김치
입간판 보고 운명처럼 끌려 들어오는 그, 혹은 그녀를 나는 운명
의 힘으로 충분히 기다릴 수 있다. 해질 때까지. 아니 여기 해는
너무 늦게 지니까, 커뮤니티 디너 시간인 일곱시까지도. 곧 올 나
의 동행을 기다리며 이 알베르게의 터줏대감 고양이 아리를 그렸
다. 김밥은 밥알이 차졌으며, 라면은 반숙 계란 한 개 풀어 깊은
맛을 낸 것이, 딱 내 스타일이었다. 뭔들 맛이 없겠는가. 이토록
신이 나는 걸! 내가 정말 개똥벌레라면, 지금 내 뒤꽁무니는 분명
왈츠 박자 4분의 3에 맞춰 흥겹게 반짝이었을 테다.

"사장님."

"사장님! 혹시 이렇게 한국인이 안 오는 날도 있나요?"

저녁 7시까지 앞으로 단 1시간이었다. 나는 초조해졌다. 딱 잘라 말하면, 이 시간까지 알베르게를 잡지 않은 순례자는 없다. 나는 꼭 생일파티를 홀로 기다리는 생일자 어린이처럼, 쓸쓸하고 슬픈 기분이 들었다. 비록 내가 초대한 손님은 없었지만. 아리는 이미 진작 다 그랬다. 글도 도무지 손에 안 잡혔다. 딱 한 명만, 늦잠 자느라 이제야 마을에 도착한, 아니면 지난날 나처럼 무리해서 한국인을 찾아 42km를 걸어온 한국인 딱 한 명만 와주면 안 될까? 나는 파블로프의 개처럼, '딸랑' 문 쪽에서 소리가 날 때마다 반사적으로 문을 바라보았다.

비빔밥이 맛이 없었다. 온통 영어로 비벼진 비빔밥이었거든. 고추장을 아무리 넣어도 한국어 없이는 매콤하고 고소한 그 맛이 안 났다. 결국 한국인은 아무도 오지 않았다. 나는 여덟 명의 서양 사람들 사이에 끼어 밥알 사이 사이를 숟가락으로 쑤셔댔다. 식탁 위로 영어가 휘적휘적 지나다닌다. 전부 매운 걸 싫어해서 소이 소스(간장)로 범벅 된 비빔밥이다. 그게 무슨 비빔밥이야? 한 마디도 못 알아듣겠다는 표정을 하고선 푹푹 좀비처럼 비벼지지 않는 비빔밥을 퍼먹었다.

딱− 한 명만 오지. 여기는 까미노 780km 중 단 두 개밖에 없는 소중한 한국인 알베르게인데. 오늘은 꼭 저 진열대의 참이슬을 나눠 먹고 싶었는데. 내가 즉석 드로잉 쇼도 보여주려고 했는데…. 단 5분도 안되어 코리안 트레디셔널 푸드를 해치운 저스트 원 코리안은 화장실 가겠다는 핑계로 외국인들 사이를 빠져나왔다. 귀에 에어팟을 끼고 혼자 마을을 산책했다. 한국 노래를 틀었다. 그렇게라도 한국말이 듣고 싶었나 보다. 내 모습은 이 동네 현지인들에겐 아주 낯설고, 정처가 전혀 없는, 그렇다고 조개껍데기가 붙은 배낭도 없는, 말 그대로 방랑자의 모습이었다. 한참을 이 노래 저 노래를 들으며 마을을 방랑하다가, 밤 10시나 되어서야 알베르게에 들어왔다. 당연하지만, 여전히 한국인은 없었다.

여태껏 써온 많은 기록 중 이곳의 밤에 대해서는 쓴 것이 없지 않은가. 밤이 늦게 오기도 하지만, 순례자는 해가 지기 전에 잠들기 때문이다. 순례자는 밤이 없다. 그러나 나는 지금 해가 다 내려갔음에도 잠들기가 싫다.

테라스의 자리에 앉아서 별을 봤다. 시골 마을이 늘 그렇듯 별이 참 많다. '별', 행성을 뜻하는 영어 단어 'Planet'은 고대 그리스어 '방랑자πλάνης, 플라네테스'에서 왔단다. '행성'의 행(行, 다닐 행) 또한 같은 맥락이다. 옛날 사람들은 까만 하늘을 헤엄치는 저 반짝이는 것들이 '방랑' 중이라고 생각했나 보다.

저들도 다 궤적이 있고 행선지가 있다고. 방랑이 아니라, 어딘 가를, 누군가를 찾으러 가는 순례라고. 여기, 홀로 된 개똥벌레는 같은 반짝이는 입장으로 항변을 해본다. 저기 저 태양의 빛을 한 몸에 받아 환한 달 '항성'과 달리, 행성인 우리들은 여기 외롭게 위태롭게 스스로 반짝이고 있다. 너희 별들도 몇 광년씩 벌어져 반짝반짝 외로운가 보다. 같은 언어를 가진 누군가 그리운가 보다.

사장님이 문을 닫으러 잠깐 나오신다. 고양이 아리도 따라 나왔다. 아리를 불렀다.

"아리야~ 아리야~."

"걔는 Ari예요. 아니, 아'리' 말고 아'뤼'. R 발음을 확실하게 해야 알아들어요."

하긴 애도 스페니시구나. 사장님의 '아뤼' 소리를 듣고 귀를 쫑긋하는 아리를 보곤 어딘가 더욱 쓸쓸해졌다. 그렇구나….

그래, 나 지금 보조배터리가 충전이 덜 돼서야. 아니, 잘못해서 방에 널어놓은 양말이 덜 말라서야. 나는 이곳에 하루만 더 있기로 한다. 혹시 한국인이 또 올지도 모르니까. 나에겐 휴식의 빈도보다, 이 마을의 가치보다 사람이 중요했다. 이 밤, 마티니 몇 잔에도 도무지 잠이 오지 않는 이 밤을 달래기 위한 조금의 시간이 더 필요했다.

　나는 올지 안 올지도 모르는 한국인을 이곳에서 하루 더 기다
리기로 한다. 오랜만에 허리를 들어 저 먼 밤하늘을 바라본다. 초
점을 흐렸다가 조이니 별들이 꼭 반짝거리는 것 같다. 외롭게, 외
롭게. 마치 개똥벌레 같다. 나는 〈개똥벌레〉의 아웃트로를 떠올
린다. 저 반짝이는 별에 맞춰 끝을 모르고 이어진다.
　"오늘 밤도 그렇게, 울다 잠이 든다, 울다 잠이 든다, 울다 잠
이 든다…."

324 / 779km
69 / 213개 마을

PART. 4

운명 같은 게
어디 있어

324km ~ 462km

Day-27

Leon

17

일해요

〈성실〉에 대하여

MBTI가 다시 SNS에서 난리다. 검사의 질문지가 더욱 정교하게 업데이트 되었단다. 좀 더 선택하기 쉽도록 질문이 명확해졌다는 사람도 있고 자신의 유형이 아주 바뀌었다는 사람도 있다. 나도 한 과몰입 하는 사람으로 놓칠 수 없다. 다음 마을로 걸어가는 중에 한 손으로 질문지를 켜서 슥슥 체크한다.

결과는 어김없이 ENFP다. '재기발랄한 활동가', 그것이 나의 진단명이다. "당신은 생계를 위해 무얼 해야 하는지는 관심이 없군요. 당신이 추구하고 싶은 것과 가슴이 시키는 일이 무엇인지 궁금할 뿐입니다." 이 나의 철없는 검진 내용은 역사가 깊다. 보낸 메일함에서 찾은 10년 전 hwp 첨부파일, '신입생 진로 프로그램 수강 소감문'에 따르면, 그 당시에도 역시나 ENFP가 나왔단다. '사람 만나는 것이 즐겁지만, 아무 목표가 없는 내가 싫다'는 완벽한 ENFP형 소감과 함께. 10년 전이야 재기발랄한 나이였다지만, 성숙의 나이 서른에도 여전히 생계를 위해 무얼 해야 하는지 관심 없는 우리 유형들은 어떻게 해야 하는가.

ENFP. 간단한 MBTI 분석법에 따르면 이렇게 해석이 된다. 'E' 밖에 나가서, 'N' 망상을 따라, 'F' 감정에 충실하며, 'P' 즉흥적으로 움직임. 주로 '사무실 안'에서 '경험'에 따라 '이성'에 충실해 '계획'적으로 움직이는 회사원의 가장 반대편에 서 있다. 한참 회사에서 근무했던 시절, 조직의 60% 이상이 '엄격한 관리자', ESTJ 라는 통계를 들은 적이 있다. 와, 관리하는 걸 좋아하는데 엄격하기까지 하다니. 인사팀은 화색을, 나는 난색을. 우리는 서로 상반된 표정을 강하게 지었을 것이다. 물론 나의 사수 또한 ESTJ였다. 또 그들 입장에서 내가 얼마나 답답했겠는가. 스타일이 맞지 않는 사람과 일하는 고충을 나는 십분 이해할 수 있다. 내가 회사를 진짜 끔찍하게 싫어했듯이.

그러나 우리 같은 유형을 오해해서는 안 된다. 일을 싫어하는 것이 아니라 억지로 시키는 일이 싫은 거다. 봐라, 여기 누가 시키지도 않았는데도 3주 째 아이패드에 고개를 처박은 성실한 순례자가 있다. 다시 말하지만, 나는 이곳에서 순례자들 사이에 유명하다. '그의 일을 방해해서는 안 돼.' 근엄한 코리안 워커홀릭으로.

이 영감과 감각이 가득한 까미노에서 누군들 이 기억을 생생하게 잡아두고 싶지 않겠느냐만은, 여기 이 한국인은 그것이 조금 과해보였던 것이다. 늘 오전에 후딱 걷기 진도를 빼놓고, 가장 먼저 체크인, 샤워를 마친 후 아이패드를 챙겨 바로 카페로 출근이다. 가게 안은 주인 눈치가 보여서 안 된다. 바깥 1인 스탠딩 테이블 같은 데에 자리를 잡고 글과 그림과 씨름하고 있으면, 오늘 걷다가 본 모든 순례자와 인사할 수 있다. 그들은 여독을 풀러 마을 한 바퀴 느긋하게 돌러 나온 것이다. 그게 보통 정상이다.

초반에는 내가 어울리지 못해서 그러는 줄 알고 'Will you join?' 해주던 순례자들이 꽤 있었는데, 몇 번 거절을 하고 나니 '수고 많으십니다~.' 하는 식의 눈인사만 건넨다. 그리고 알베르게에서 가장 마지막에 잠드는 것 역시 야근을 마친 여기 코리안 워커홀릭. 한국인의 성실함을 실시간으로 세계에 증명하는 중이다.

웃긴 것은 나만 유별난 것이 아니라는 거다. 평균치를 높이기라도 하려는 듯, 이곳에서 만난 한국인은 죄다 일을 한 보따리 갖고 왔다. 매일 일기를 써 유료 뉴스레터를 발행하는 여자애, 고프로를 들고 다니면서 늘 영민하게 유튜브 각을 재는 남자애, 그리고 여기, 어제 카스트로헤리츠에서 만난, 또 다른 워커홀릭 S까지. 한국이 근로 시간 세계 3위라고? OECD는 우리 여행자들을 통계에서 빠뜨린 게 분명하다. 언제 어디서나 일을 생각하는 대한민국이야말로 압도적인 1위가 마땅하다.

S와 나는 잠깐 숨 좀 돌릴 겸 들린 이 작은 마을 레스토랑에 들어오자마자 콘센트 위치를 찾았다. 아침 식사를 주문하고, 그것이 나오기 전까지 누가 먼저랄 것도 없이 아이패드를 꺼내 작업

을 시작했다. 위화감이 전혀 없다. 마치 서울의 스타벅스처럼 익숙하게 작업에 몰입하는 우리의 모습에 강한 기시감을 느낀다.

"S, 우리 여기서 딱 1시간만 빡 진도 빼고 갈까요?"

"좋네요, 저도 영상 작업이 밀려서…."

이것은 정말로, 와이파이도 안 되는 스페인의 작은 시골 마을에서, 그것도 아침 9시 반에, 순례자 두 명이 나누는 대화가 맞다. 아이스 아메리카노가 없어 아쉽다는 그는 습관처럼 얼음을 깨물어 먹고 있다. 글을 쓰다가 문득 그의 MBTI도 궁금해진다. "저 ISFP입니다." 아마 그가 회사를 그만두고 이곳에 온 이유도, '모험가'인 그의 MBTI 진단명이 한몫 했겠지. 회사를 뛰쳐나온 '모험가'랑 '활동가' 둘이 이곳 까미노에 와서 온종일 일하고 있는 게 너무 웃겨서 낄낄댄다. 알겠냐, 스페인. 여기 한국의 성실도 최약체가 이 정도라고. 아니지, 하루에 2시간씩 낮잠 자려고 시에스타Siesta를 만든 너희가 알 턱이 없다.

이번 까미노의 목적은 꼭 자기반성과 수양만은 아니었다. 힐링은 더더욱 아니다. 오히려 시험에 들기 위해 이 멀리까지 온 것이다. 나의 지난 실패와 중도 포기들이 정말 '환경적 요인'과 '타인의 강요'가 이유라면, 이 초월적인 공간에서 스스로 세운 일은 해내야 마땅하다. 그래야 말이 된다. 어른 ENFP로서, 나는 강한 자기탐구와 직관을 간직하되, '책임감'을 길러냈는가를 증명해내야 한다. 누군가에게는 집착이나 중독으로 비칠지도 모르는 이 사소한 일과는, 나에게는 절대 이번만큼은 낙제되어선 안 되는 거룩한 시험이다. 이 매일의 기록도, 까미노의 완주도.

이 글을 쓰는 와중에 아까 전 헤어진 S에게 카톡이 온다.

"오늘 작업 좀 치셨나요."

아니 이게 진짜 순례자가 묻는 안부가 맞아…? 마침 워커홀릭에 대해 쓰고 있었다며 이 화면을 캡처해 보내준다. 자기가 생각해도 너무 까미노에 안 맞는 용어였다며 스스로 반성하는 S. 그래도 아직 '생 장 피에드 포르 마을 이야기' 즈음에 밀려 있는 그

의 작업은 오늘 밤에도 그칠 줄
모를 거다. 사실 이걸 쓰고 있
는 나 또한 이틀이나 지난 이야
기를 쓰는 중이다.

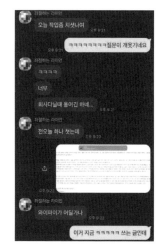

"우리 둘 다 오늘도 야근이네
요."

"ㅋㅋㅋ 그렇네요. 한국에서
나 좀 이렇게 열심히 살걸."

쓸쓸한 그의 팩트가 묵직하
게 다가온다. 순례자들의 하루 마지막 카톡 인사가 '열일하세요.'
라니. 인사팀도 절레절레할 완벽한 '투잡'이다.

스페인의 긴 해는 이게 좋다. 늦은 야근에도 대낮같이 환하니
까.

349 / 779km
73 / 213개 마을

18

비포 선라이즈 인 까미노

〈로맨스〉에 대하여

수염은 감는 걸까 닦는 걸까?

문득 아침에 세수를 하며 그런 생각을 했다. 이것도 '카락'이라면 샴푸를 칠해야 할 것이고, '터럭'이라면 폼클렌징을 칠해야 할 것이다. 잘라버릴 것이 아니니까 '쉐이빙폼'은 확실히 아니다. 이 딴 쓸데없는 생각의 출발은, 아주 뻣뻣해진 그것이 입술을 덮어버렸기 때문이었다. 요즘은 수염을 제대로 말리지 않고 출발하면 걷는 내내 여전히 이슬 같은 게 맺혀서 비듬이라도 생길까 걱정이다. 잠깐 고민을 하다가 폼클렌징으로 세안 한 번, 머리와 수염에 샴푸질 한 번, 총 두 번 감고 닦았다. 아침부터 이게 무슨 짓인가. 이게 다 S와 떨어지게 된 까닭이다. 어제 숙소를 따로 예약하면서 우리는 다시 혼자가 되었다. 혼자는 작은 것에도 생각이 많아진다. 정확히 말하면, 그냥 잠이 덜 깬 모양이다.

해가 완전히 뜨기 전에 반드시 다음 마을에 가겠다. 작전명 '비포 선라이즈(Before sunrise)', 나의 오늘 목표였다. 지금 걷고 있는 이 '메세타Meseta'라는 지역은 나무도, 물도, 바도 찾기 힘든 광야가 100km 정도 이어지는 악명 높은 구간이다. 어제 묵었던 마을 프로미스타Fromista에 가는 동안 그늘 하나 없는 메세타의 지옥 같은 볕을 맛봤기에 내 발걸음은 누가 쫓아오는 사람이 없음에도 잰 걸음이었다. 스페인의 여름 태양은 정말이지 재앙처럼 뜨겁다. 까미노 유경험자들이 그 고통을 회상하는 이유는 780km의 초장거리 때문이 아니다. 등에 진 무거운 짐과 무더운 태양이 난이도를 한껏 높여 버리기 때문이다.

반대로 말하면, 그것을 제외하면 그 난이도가 산책 수준으로 떨어지기 때문에, 많은 순례자들이 짐을 다음 숙소로 배달 부친 다음 새벽에 후딱 진도를 빼 버린다. 나는 짐 탁송 대신 아침 식사나 중간 마을 구경을 생략하기로 한다. 이 속도라면 10시 반, 단 2시간 후면 다음 마을에 도착할 거다.

거인마냥 긴 나의 그림자를 한참 바라보며 빠른 속도로 걷다가, 순간 이것이 다 무슨 의미지 싶은 생각이 들었다. 이 놈의 '현타(현자타임)'가 항상 문제다. 현자는 아주 사소한 현상도 질문으로 만들어 버리기 때문에, 결국 사서 고생을 하게 만든다.

'그렇게 쾌적하게 다음 마을에 가고 싶었으면 택시나 버스를 타지 그랬어.'

'까미노까지 와서 체득하려던 게 겨우 〈태양을 피하는 방법〉?'

'배는 항구에 있을 때 가장 안전하다. 하지만 그것은 배의 존재 이유가 아니다.' – 존 A. 쉐드

이런 현자의 생각들이 머리를 지배하자 재촉하던 걸음도 감흥을 잃었다. 나는 런닝머신에서 내려온 사람처럼 급히 속도를 줄였다. 작전명까지 짠 내가 비겁해 보였다. 바로 그때 '거 갈 때 가더라도 제로 콜라 한잔 정도는 괜찮잖아?' 현자타임 세포가 센스 있는 기안을 올렸고, 갈증이 가장 먼저 합의했다. 이윽고 다리와 어깨가 피로함을 호소하며 병렬 합의한 후, 다음 마을 바에서 쉬는 것으로 머리가 결재를 최종 승인했다. 콜라 한잔하며 그림이라도 한 장 그리고 가기로. 이 정도면 까미노의 이유인 자유로움을 어느 정도 지킬 수도 있을 것 같았다.

바로 그 덕에 여기서부터 장르가 바뀐다. 어드벤처에서 로맨

스로. 누군가 가장 좋아하는 영화를 물어올 때면, 나는 어김없이 〈비포 선라이즈〉를 꺼낸다. 그것은 내 인생 최초 열 번을 돌려본 영화로, 로맨스와 낭만은 물론 동시에 현실성, 그러니까 언제든 나에게도 생길 수 있는 일이지 않을까 라는 기대를 충족시켜서 마음 한 켠에 늘 간직하게 만든 위대한 명작이었다.

그럴 때 있지 않은가, 운명이라는 단어 외엔 설명할 수 없는 순간. 누구도 머무르지 않는 아주 작은 마을 허름한 바에서 남녀가 서로 다시 만날 극악의 확률. 까미노를 차치하고라도 난데없이 겹쳐진 우연의 여러 꺼풀. 내가 지금 이곳에 서서 입을 좀처럼 뗄 수 없는 이유가 설명할 다른 단어가 없어서라면, 그 단어는 아마 '운명'이 맞을 것이다.

"Hi, It's you, Bo."

어제 한 작은 마을 바에서 만난 여자다. 오늘처럼 잠깐 쉴 겸 바 입구 계단에 앉아 어김없이 제로 콜라를 들이키고 있을 때, 나에게 먼저 말을 걸어왔다. 혼자 왔냐며. 올해로 20대가 꺾인 스물여섯 오스트리아인 그녀는, 웃을 때 가지런한 치아가 매력적인 여자였다.

나는 여행을 하며 그림을 그리고 있다고 말했다. 주섬주섬 아이패드를 꺼내 몇 장을 보여줬다. 한참을 유심히 보던 그녀는 자신의 가방에서 또 무언가 주섬주섬 꺼낸다. 미니 팔레트와 물붓, 몰스킨^{moleskine} 스케치북이었다. 주로 사람만을 그리는 나와 반대로 그녀는 사람이 없는 풍경을 그린다고 했다. 오, 두 사람의 그림을 합치면 까미노가 완성되잖아? 그딴 로맨틱한 생각을 했다. 다행히 창피한 마음이 들어서 입 밖으로 꺼내진 않았다.

그림 말고도 매일 글을 쓰는 중이라는 말에, 그녀도 빼곡한 다이어리를 꺼내 보여준다. 단 세 장이었지만. 이번 여행이 끝나면 책을 내고 싶다는 말에, 그녀는 직업이 출판사 에디터라고 한다. 이거 뭐, 내가 선창으로 소리를 메기면, 후창으로 소리를 받는 소리꾼처럼 서로 쿵짝거린다. 이 말을 서양인인 그녀는 이해 못 할 테니, 나는 '우리는 데칼코마니 같아요!'라고 그 감회를 설명했다.

"〈비포 선라이즈〉 봤어? 그거 배경이 오스트리아 비엔나잖아. 내 최애 영화야."

"당연하지. 나도 몇 번이나 봤는지 몰라."

나는 쏟아지는 공통사에 그만 들떠서 오버하고 만다. 그때의 동력은 우리가 같은 감정일 거란 자신감 반, 영어가 서툴러서 아무 말이나 했다는 모르는 척 반이었다.

"우리가 '레온^{Leon, 까미노 코스 중 가장 큰 대도시}'에서 다시 만난다면 그건

영화 〈비포 선라이즈〉 중에서

운명일지도? 같이 레온에서 그림을 그린다면, 내 이번 까미노의
베스트 추억일 거야.”

　글로 쓰자니 부끄러워지는 것을 보니 분명 주접이 맞다. 나는
그런 말을 잘도 던지면서 그녀의 사진을 받아 갔다. 연락처는 따
로 주고받지 않았다. 그도 그럴 것이 우리가 다시 만나는 것은
운.명.이니까. 그리고 어젯밤 나는 밤 11시가 넘도록 이적의 〈비
포 선라이즈〉를 들으며 그녀의 그림을 최대한 열심히 묘사했다.
담장의 꽃잎 하나하나까지.

　그런데 이렇게 바로 다음 날 만나게 될 줄은 꿈에도 몰랐다. 어
제 바로 그리길 잘했다. 그림을 건네받은 그녀는 잔뜩 업된 목소

리로 기쁨이나 감사를 표현했다. 이 순간이 언제나 그림을 그리며 가장 짜릿한 순간이라곤 하지만, 이런 경우엔 내 특기가 다른 것이 아닌 '그림'인 것이 다행스럽게 느껴진다. 적어도 한국말을 전혀 모르는 오스트리아 여자가 내가 전하고 싶은 뜻과 정성을 한눈에 모두 이해할 수 있을 테니까.

우리는 그림을 매개로 좀 더 이야기를 나누며 다음 마을까지 걸어가기로 한다. 오스트리아의 국어가 독일어라는 것도 처음 알았고, 그녀의 언어 순위가 독일어-네덜란드어-스페인어 다음 순으로 영어라는 것도 뒤늦게 알았지만, 잘도 이 영어에 서툰 동양인의 말들을 들어주며 여러 이야기를 했다. 그녀가 사용하는 갤럭시와 삼성 TV, 그리고 내가 아는 비엔나 커피와 클래식 음악에 대해. 사실 공통사를 삭삭 긁어 모았지만 그렇게 다채롭지는 못했고, 언어의 장벽 때문인지 나중에는 인구수나 주로 먹는 음식 같은 표면적 주제로 넘어가기도 했다. 그러나 나름 시간 가는 줄 모르고 걸었고, 목표대로 해가 높이 뜨기 전 11시 반에 우리는 목적지에 도착했다.

우리는 각자의 숙소에 짐을 두고 다시 만나 천천히 마을을 걸었다. 〈비포 선라이즈〉와 달리 채도가 쨍했고 땀이 삐질삐질 났지만 상관없었다. 저쪽 뒤편에 강이 있다고 같이 가잔다. 그녀는 챙겨온 비키니를 꺼내서 갈아입었다. 나는 그걸 어떤 식으로 쳐다봐야 예의가 맞는지 순간 뇌 정지가 와서 그냥 휴대폰 보는 척했다. 물론 와 있는 카톡은 없었다.

그대로 망설임 없이 물에 들어간다. "Come in." 보통 서양 남자애들은 이때 웃통 벗고 그대로 멋있게 들어가는 듯했다. 나에게는 두 가지의 문제가 있었다. 하나는 내가 웃통을 훌렁대기엔 몸통이 다소 비루했고, 다른 하나는 수영을 못한다는 사실이다. 겨우 머리를 굴려 생각해낸 변명이 '나 옷이 이거 하나뿐이야.'였다. 졸지에 물을 무서워하며 동시에 옷 한 벌밖에 없는 '더럽게도 겁 많은 남자'가 되었다. 어디 커다란 바위 위에 앉아 발만 물에 적시면서 수영하는 그녀를 한참 바라봤다.

까리온은 생각보다 크고 아름다운 마을이었다. 강을 지나 산책로를 걷고 몇 군데 푸드트럭을 구경하고, 이곳의 로컬 라이프를 살펴보다가, 문득 이것은 데이트와 닮아 있다는 생각을 한다. 내가 외국 사람과 이렇게 오랫동안 단둘이 어딘가를 걸어본 적이 있었던가. 아마 내가 영어를 잘했다면 더 가까웠을 수도 있을 텐데. 어느 순간 하는 말들이 겨우 지나는 사람에 대한 묘사 정도로 맴돌고 있다는 사실을 발견하곤 이 하루가 못내 아쉬워진다. 영어 공부를 게을리했던 것이 가장 후회가 되었던 순간이다.

"들어가서 샤워를 좀 해야겠어. 우리 다시 만나자."
"그래, 나는 요 앞 카페에서 그림 그리고 있을게. 너도 스케치북 가지고 나와."

짧은 산책을 마치고 잠깐 샤워하러 간다는 말을 마지막으로 우리의 운명 같은 인연은 모두 끝이 났다. 그것은 내가 밤 9시까지 그림을 그리는 동안 그녀가 나타나지 않았기 때문이다. 내가 앉은 자리는 마을 한가운데 광장의 카페, 그중에서도 안 보일 수가 없는 스탠딩 테이블이었다.

이날 나는 까미노 중 가장 많은 진토닉을 마셨다. 아마 갈증이 좀 났던 모양이다. 그녀를 다시 발견한 건 해가 덜 진 저녁 숙소로 돌아가던 길, 다른 친구들과 함께 술을 마시며 즐겁게 떠드는 모습이었다.

나는 찌질이처럼 왔던 길을 되돌아서 먼 길로 숙소에 들어갔다. 숙소에서 혼자 맥주를 몇 개 더 마셨다. 노을의 끝 무렵까지.

〈비포 선라이즈〉로 시작해 〈비포 선셋〉으로 각자 끝난 하루 끝엔 묘한 씁쓸함이 혀끝에 남았다. 아니면 그냥 싸구려 캔맥주의 홉 찌꺼기일지도 모르겠다. 일출에 웃고 일몰에 울고, 역시 스페인의 태양은 자비가 없다. 아니 그런데 뭐 내가 연애하려고 까미노에 왔게? 여기서 해야 할 게 너무 많은 나는 지금 전혀 한 개도 아쉽지가 않다. 아니 진짜로, 그저 같이 사진이라도 한 장 찍었음 좋았을 텐데 하는 아쉬움 정도?

아니 그래도 내가 '금사빠'는 아니지 않나? 확실하게 하자고. 나는 금세 사랑에 빠지기 전에 빠져나왔다. 그게 자의든 타의든 어쨌든.

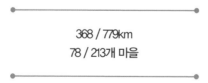

368 / 779km
78 / 213개 마을

19

도네이션의 대가(代價)

〈기부〉에 대하여

어젯밤부터 오른쪽 무릎이 영 좋지 않다. 휴식의 빈도가 잦아짐에 따라 짐을 내리다 메다를 자주 했는데, 아마 그때마다 체중의 균형 같은 것이 오른쪽으로 쏠렸나 보다. 마지막쯤에는 한쪽을 절뚝거리는 모양이 되더니, 아니나 다를까 오늘 아침 상태가 더 악화되었다. 지도에는 오늘도 어제와 다를 바 없는 밀밭 황무지다. 메세타 고원은 다음 대도시 레온까지 아직 70km가 더 이어진다. 한숨을 푹 쉬고서 절뚝거리며 길을 나섰다.

마을 초입 4차선 정도 되어 보이는 도로를 하나 건넌다. 도로는 한적하다. 지팡이를 보조 삼아 절뚝거리며 지나려는데, 저 멀리 SUV 한 대가 천천히 접근한다. 이곳 유럽의 차들은 다른 것은 몰라도 '보행자 우선' 예절이 철칙처럼 되어 있어, 횡단보도 유무나 길의 종류와 상관없이 천천히 기다려주는 것이 도로 문화다. 그걸 떠나서 거리와 속도를 보아하니 충분히 건널 수 있어 보였다.

그러나 차가 순식간에 가까워진다. 무슨 영문인지, 세 번째 차선을 넘어가는 중 갑자기 차가 굉음을 내며 속도를 급하게 올리는 것이다. 도로 한가운데 설 수도, 그렇다고 운전자에게 양해를 구할 상황도 아니었다. 나는 급히 건너편을 향해 달렸다.

어? 시야가 아스팔트와 급하게 가까워진다. 지팡이는 허공을 짚었다. 차가 아슬하게 스쳐 지나가며 만든 바람 뒤에 흙먼지가 일었다. 먼지를 만든 것은 차가 아닌 내 왼쪽 무릎이었다. 차를 피하다 아스팔트 옆 도랑에 처박힌 것이다. 오른쪽 무릎에 힘이 없었기에 본능적으로 왼쪽 무릎으로 땅을 쓸었다. 명백한 교통사고였다. 돌과 모래가 잔뜩 박힌 무릎을 감싸고 신음했지만 이미 차는 저 멀리 떠난 뒤였다.

　메세타의 시험은 점점 모질어지고 있었다. 이제 양쪽 무릎은 모두 맛이 갔고 의지할 것은 제3의 다리 '지팡이'뿐이었다. 속도는 평상시의 반절 수준으로, 나는 그야말로 다리를 절름대고 있었다. 저벅저벅 뒤쪽에서 빠른 발자국 소리가 들린다. 그 와중에 지기 싫어서 최대한 빠르게 지팡이를 짚어봤지만, 역부족이었다. 그는 성큼성큼, 어느새 내 옆으로 붙어서 순례자의 인사를 건넨다. 벨기에 출신 중년 남자다.

　벨기에. 여러 유튜브나 글들을 통해 벨기에의 악명 높은 인종차별에 대해 들었다. 나는 지금 다리를 다친 아시안이니, 그가 어떻게 무례를 끼칠지 모른다는 생각에 바짝 긴장했다. 다행히 그는 눈을 찢거나 '칭챙총' 해대지는 않았다. 오히려 정중하고 친절한 말투였던 것 같다.

"어디서부터 출발했어?"

"생 장부터!"

나는 소리 지르듯 대답했다. 이 구간쯤에서 이 대답은 훈장이자 자신감이다. 산티아고 순례길은 다양한 루트를 가지고 있으나 결국 최종 도착지는 '산티아고 데 콤포스텔라 대성당'으로 모인다. '부르고스'를 지나 '메세타'쯤부터는 다양한 루트의 순례자들이 모두 모여 한길을 걷게 된다. 그중 가장 긴 거리를 자랑하는 프랑스길, 그러니까 '생 장 피에드 포르'부터 출발한 순례자들은 다른 루트의 순례자들에 비해 약간 의기양양해져 있다. 솔직히 그걸 과시하고 싶어서 남자가 어서 물어봐 주길 바랐다. 그리고 자신 있게 대답을 뱉곤 바로 'How about you?'를 던졌다.

"나는 벨기에서 왔어."

벨기에 출신인 건 아까 말했잖아. 그게 아니라 까미노를 벨기에의 자기 집 대문 열고부터 시작했단다. 뭐라고? 지난번 S가 했던 말이 사실이었다. 몇 세기 전 오리지널 순례길은 자신의 집부터 출발했다는 것이. 요즘도 실제로 그런 사람이 있다니. 다시 물었다. 그게 거리가 얼만데?

"2천 km 정도?"

아…. 방금 '생 장'이라고 대답할 때 악센트 조금만 겸손하게 할

걸. 나는 부끄러움과 경이로움이 한 번에 느껴져서 얼굴이 벌개졌다. 여기까지 오는 데 세 달이 걸렸단다. 정말 대단한 신앙심이다. 그런데 어딜 보아도 목걸이 같은 가톨릭 신자를 증명하는 장신구가 없다.

아니, 무신론자란다. 대체 무신론자가 왜 집에서 이곳까지 성지순례를 걷고 있단 말인가.

"그냥 스포츠 챌린지지!"

정말 어메이징 유러피안이다. 이걸 실용적이라고 해야 하나, 본질적이라고 해야 하나. 이 길에서 다양한 사람들을 만났지만, 또 이런 유형은 처음이다.

그의 지난 여정을 주제로 이야기를 나누며 걷다 보니 방대한 양 덕분에 1시간이 뚝딱 간다. 역시 어디선가 봤던 글처럼, 언제나 가장 빨리 가는 방법은 '친구와 함께 가는 것'이다. 마을에서 콜라 한잔하고 가자고 꼬시기에 냉큼 그러자고 했다.

우리는 '사하군Sahagun'이라는 중간 크기 정도의 도시에 도착했다. 제로 콜라를 두 개씩 사 들고 얼른 컵에 따른다. 얼음 두 알에 레몬 한 조각 위로 콜라가 쏟아지면 '치르르르' 하고 생명수가 컵 바닥에 녹아 내린다. 콜라가 두 개인 이유는, 첫 잔은 무조건 원

샷이기 때문이다. 크아~! 갈증을 응급처치 해내고 나머지 한잔을 따라서 바깥 테라스로 나왔다. 테라스에는 역시나 콜라에 취한 남자가 기분 좋게 늘어져 있다.

남자의 이름은 '버르트'다. 나도 그에게 내 이름은 '보'라고 말했다. 어쩐지 자꾸만 '포'라고 읽길래, 그것은 쌀국수라는 뜻이고, 나는 '보'라고 한 번 더 일러줬다. 아무튼 그의 이야기는 굉장히 인상적인 것이어서, 그 위대한 기록에 일조하고자 나는 그림을 그려주겠다고 말했다. 그랬더니 주머니를 뒤적여 뭔가를 꺼내 보여준다. 여행자 명함이다. 이름과 메일 주소, 그리고 웹사이트가 있다. 완성되면 이쪽으로 보내달란다. 메일 주소는 알겠는데, 웹사이트는 뭐지? 아이패드를 꺼낸 김에 주소를 옮겨 적고 웹사이트를 열었다.

Reeds op weg ....
93 : 01 : 39 : 21
Day(s) Hour(s) Minute(s) Second(s)

    역시나. 그는 평범한 순례자가 아니었다. 웹사이트에는 걸어온 기록과 함께 각종 언론 보도 캡처와 유명인들 인터뷰, 그리고 맨 아래에는 '12,525€'(한화로 약 1,700만 원) 라는 카운트가 있다. 버르트는 어떤 암 환자 관련 재단의 소속원으로서, 벨기에부터 산티아고 데 콤포스텔라까지 순례길을 걸으며 아티클을 매일 쓰는 것으로 기부를 받는, '도네이션 까미노' 순례자였다. 기부 받은 금액은 전액 암 환자나 그 연구를 위해 쓰인다고.

    단순 스포츠 챌린지라고 말했던 것은 그의 겸손이었다. 그는 어디까지 깨어 있었으며 나는 어디까지 꽉 막혀 있던 걸까? 벨기에인은 다 인종차별주의자라는 나의 생각이 오히려 차별과 편견이었다. 세 달 넘게 이타적 목표를 위해 고행을 하고 있는 그의 동기가 무척 궁금해져서, 함께 마을을 하나 더 가보기로 했다.

같은 글을 쓰는 처지로서, 공감대를 요청했다. 그 자발적인 연재에 대한 고됨과 반응에 대해서. 나는 브런치나 블로그에 이 글들을 올리면서 독자들의 댓글 수와 내용에 꽤나 일희일비하고 있었기 때문에, 버르트의 세 달 넘게 이어진 연재의 비결에 대해 듣고 싶었다. 그 지치지 않는 글도, 걸음도.

"사실 얼마나 많이 걸었는지, 얼마나 많은 기부를 받았는지, 이런 것은 중요하지 않아. 솔직히 정말 상관없어."

어느 순간부터 초월한 걸까. 아니면 여전히 겸손한 걸까. 그는 그런 숫자들은 아무래도 상관 없단다. 나는 무례를 무릅쓰고 물었다. 그렇지만 버르트, 기부받은 1,700만 원은 충분히 큰 돈이지만, 턱없이 부족하지 않냐고. 암 환자를 위해 무언가를 하기에도, 세 달간 2천km를 힘들게 걸어온 당신의 보상으로도. 그는 아주 짧은 대답으로 무례와 의문을 해소했다. 우문현답.

"괜찮아. 그게 바로 도네이션이야."

그렇지, 기부라는 건 애초에 대가를 바라지 않고 무언가 제공하는 것이다. 보상을 카운트하고 있다면 이미 기부가 아닌 상업이겠지. 그는 이미 자신의 활동이 방송을 타고 많은 사람들에게 알려진 것으로 충분히 자신의 목표를 달성했다고 한다. 결국 자신의 도전이 많은 사람들의 관심을 끌었고, 기부가 아니더라도 암 환자로의 관심으로 이어졌을 테니까. 남은 목표는 이제 남은 거리를 걸어 산티아고 데 콤포스텔라에 도달하는 것뿐. 그러니까 액수나 반응 같은 것에 초월해서 자신의 여행과 연재를 즐길 수 있는 거였다.

이미 목표를 이루었다는 말이 참 부럽고 멋있었다. 좁은 길이라 일렬로 걷는 탓에 나는 그의 어깨 너머로 음성을 들었을 뿐이었지만, 진짜 '의기양양'이라는 건 지금 이 목소리가 가지고 있는 힘 같은 것일 거다.

어깨 너머로 간간이 안부가 넘어온다. 피딱지가 앉은 내 무릎을 의식한 것이다.

"Bo, Everything is okay?"

초등학생 때 배운 영어를 이제야 알맞은 케이스에 써먹는다.

"I'm fine. Thank you. And you?"

버르트는 유쾌한 남자다.

"You know, I'm Superman."

두 팔을 번쩍 들어 보디빌더 포즈를 한다. 옷 너머로 비친 삼각근이 선명하다.

　사실 하나도 '파인'하지 않았다. 무릎의 상처가 깊었던가, 피딱지는 다시금 터져 피가 흘렀고 통증이 점점 심해지고 있었다. 까미노 앱에 표시된 것으론 사하군에서 10km를 걸어야 다음 마을이 있다고 표시되어 있지만, 이 상태로 메세타 고원 2시간은 무리다. 버르트도 무릎의 피를 보고선, 더 가지 말고 근처 마을을 찾아보자고 말한다.

잠깐 멈춰 서서 구글을 켜보니 1km 근방에 아주 작은 민가가 하나 있다. 그러나 너무 작아서, 지도에 표시되는 건물이라곤 성당 하나, 숙소 하나, 바 하나, 슈퍼마켓 하나가 전부였다. 저 숙소가 알베르게여야 할 텐데. 버르트도 나도 간절한 마음이 되어 숙소 앞까지 걸어갔다.

"Gam—Sa—ham—na! This is donation Albergue!"

겹경사다. 숙소는 깔끔한 알베르게였고, 심지어 도네이션 알베르게로, 숙박비를 원하는 만큼 내면 되는 기부제 운영 방식이었다. 어딘가 이상한 한국말로 인사를 하며 튀어나온 남자는 자신을 '슈퍼 알베르게 호스트 빈센트'라고 소개하며, 이곳은 까미노 중 가장 멋진 알베르게고, 나는 행운아라고 말했다. 다른 건 몰라도 이런 슈퍼 깡촌에 도네이션 알베르게를 만난 걸로 보아 내가 행운아인 것은 맞는 것 같다는 의미로 끄덕거렸다. 버르트와 '아디오스Adios' 짧은 작별 인사를 하고선 체크인을 했다.

그는 아주 수다스러운 남자였다. 체크인 시간은 길어지고 있다. 그의 정확한 한국 발음에 대한 코칭 요청에 '감사함나' 대신 'Gam—Sa—Ham—Ni—Da'가 옳은 발음이며, 'Welcome'이라는 말이 하고 싶었다면 '어서오세요'라고 말해보도록 권유했다. 자신의 수첩에 옮겨 적고는 한국에 대해 이것저것 물어온다. 숙소의 장점과 어제 묵은 손님과, 자신의 철학과… 나는 그의 긴 설명이 약간 짜증 나기 시작했다. 다리에 피는 흐르고, 찝찝하고 목도 말라 죽겠는데 사람 속도 모르고 친절이 늘어진다.

"If you need, Let me know, I can everything!"
(내 도움이 필요하면 언제든 말해, 뭐든 도와줄게!)

마침표 같은 엔딩 멘트가 뜨자마자 '그라시아스!' 하곤 다음 말이 날아올세라 잽싸게 방문을 닫았다. 저 수다를 두 번은 견딜 수 없을 것 같았기에, '이프 아이 니드'라 할지라도 스스로 힘으로 해결하겠다고 다짐했다.

구경할 것도 없는 마을, 그저 바에 가서 점심 겸 저녁을 먹고 작업을 잔뜩 하고서 자정에 돌아와야지. 불길함이 엄습했던 것은 이제 나에게 남은 현금이 없었다는 사실이다. 에이, 아무리 마을이 작아도 카드 리더기는 있겠지. 음식을 좀 많이 시키지 뭐. 그러나 항상 그렇듯 불길한 예감은 틀린 적이 없고, 이 마을 유일한 바는 '놉, 온리 캐시.' 딱 잘라 말했다.

그래, 슈퍼에 가자. 알베르게에서 해 먹으면 되지. 진짜 어디

전라도 군산의 구멍가게 같은 모양에 녹슨 스뎅 문이 벌써 불안하다. 다 썩어가는 바게트 같은 거랑 과자, 페트 콜라를 한 병 집고서 카드를 내밀었다. 가게 주인이 고개를 저으며 엄청 촘촘한 문장을 말한다. 나는 딱 두 가지 단어를 알아듣고서 문장을 파악했다. '뱅코'와 '사하군'. 여기는 현금만 되니까 조금 큰 마을인 사하군에 있는 은행에 가서 돈을 뽑아오라는 말이다. 사하군은 바로 전 버르트와 콜라를 나눠 마신 도시다. 참 나, 내가 거기 돌아갈 것 같으면 이딴 구멍가게에 왜 오겠는가? 마을 전체에 상업 시설이란 단 이 두 곳이었기 때문에, 다시 말하면 이 마을에는 카드 결제가 되는 곳이 없다는 말이 된다.

내가 지구 반대편에서 이런 깡촌 오브 깡촌에도 묶게 되는구나, 감탄도 잠시, 타는 목마름으로, 굶주림으로 나는 절망에 빠진다.

알베르게에 돌아와 수돗물을 틀어 마시려는 찰나, 수다쟁이 빈센트가 왜 벌써 왔느냐고 말을 건다. 나는 그들의 'No card, Only Cash.'와 나의 'No cash, Nothing I can do.'에 대해 말했다. 물맛이 거지 같다. 손으로 입을 슥 닦고 어깨를 으쓱하는 외국인 제스처를 보인 다음 방으로 들어왔다. '아 그냥 참고 5km 더 가 볼 걸 그랬나.' 침대에 누워 잠깐 절망을 곱씹는 중, 빈센트가 짤랑거리며 들어온다.

"사하군에 은행이 있어. 같이 가자, 차로 데려다 줄게."

손에 든 것은 차 키다. 무리하지 말라고 한사코 거절하는 나에게 그는 더욱 세차게 손을 휘젓는다. "말했잖아, 네가 원한다면 난 뭐든 할 수 있다고." 내 팔을 잡는 그의 힘에 따라 몸을 일으켰다. 대체 귀찮음을 감수하면서 이렇게까지 하는 이유는 뭘까 생각하며 그를 따라갔다.

그의 차는 커다란 캠핑카였다. 뒷좌석엔 침대 두 개와 의료 장비들이 가득하다. 빈센트의 말론 내내 요 주변을 돌면서 길에 쓰러진 순례자들을 돕거나 치료한단다. 알베르게 직원이 그런 것까지 하는가, 대체 직업이 뭐냐고 물었다. 그의 직업은 '퍼스널 트레이닝', 한국으로 치면 복지사 쯤으로, 정신적으로 아픈 사람들을 케어해주는 일이란다. 이 알베르게는 투잡처럼 격주로 자원봉사하고 있다고.

확실한 건 두 직업 다 그렇게 돈을 버는 직업은 아니라는 거였다. 자기가 좋아서 하는 일이란다. 그러니 선의에 부담 가지지 말란다. 나는 한 달 만에 타보는 바퀴 달린 것이 어색했던 걸까, 차가 덜컹거릴 때마다 마음이 울렁거렸다.

내가 1시간 반을 낑낑거려서 걸어 넘어온 사하군은 차로 단 10분 만에 도착한다. 안 그래도 미안해 죽겠는데 ATM기는 작동을 안 한다. 빈센트는 세컨드 플랜이 있다며 마을을 한 바퀴 돈다. 마을 끝자락에 대형마트가 한 군데 있다. 그곳에서 무사히 저녁거리와 콜라 몇 병, 오렌지를 살 수 있었다. 잘됐다며 자기 일처럼 기뻐하는 빈센트에게 고마움의 표시로 제로 콜라 한 병을 건넸다. 그건 지금 내가 제일 좋아하는 거였다.

돌아오는 길, '폐를 끼쳐서 미안하다'를 표현하는 방법을 고민하느라 우물쭈물 댔다. 그는 그런 내 표정을 눈치챈 건지, 먼저 말을 꺼낸다. 손가락으로 차 백미러에 달린 아로마의 문구를 가리킨다.

Si no cambias nada, Nada cambiara

"⟨시 노 캄비아스 나다, 나다 캄비아라⟩, 아무것도 바꾸지 않으면, 아무것도 바뀌지 않는다. 이건 내가 제일 좋아하는 말이고, 내 좌우명이야.

나는 선한 사람이 되고 싶었어. 어느 날 내 인생이 전혀 그렇지 않다는 걸 알게 됐지. 생각뿐이었다는 걸 깨달은 거야.

그게 내가 지금 이렇게 살게 된 이유고, 지금 차를 가지고 사하군에 온 이유야. 그러니 미안해 하지 마, 데 나다(아무것도 아니야)."

이곳, 스페인에서는 고맙다고 말하면, "데 나다De Nada"라는 대답이 돌아온다. '아무것도 아니다.'라는 뜻. 그것은 '천만에요.' 같은 관용어로 굳어졌을지언정, 빈센트가 말한 '데 나다'는 조금 다른 느낌이었다. 선한 사람으로 살기 위해 들이는 수고쯤이야 아무것도 아니라는 것처럼.

나는 그것이 그가 처음 본 사람을 위해 자신의 귀찮음을 감내하는 힘이자 굳이 그를 움직이게 만드는 힘 같았다. 내가 지금 한없이 작아지는 이유는 '엄한 사람 움직이게 한 미안함'보단 그의 '행동하는 선에 대한 숭고함'이 너무 커서이기 때문이듯. 정작 아무것도 아닌 것은, 이런 아무도 오지 않는 심심한 시골 마을에 묵묵히 봉사하는 그의 수다를 조금 들어주는 일이었을 텐데 말이다.

알베르게로 돌아왔다. 빈센트는 내 무릎의 상처를 닦아주고 요오드 같은 걸로 정성껏 소독해줬다. 여전히 그는 수다스러웠지만 소독 덕분인지 그의 '데 나다' 덕분인지 그것은 아무것도 아니었다. 전자레인지에 데운 냉동 피자를 씹으며 잠깐 멍한 기분에 빠졌다.

저기 도네이션 박스가 보인다. 여전히 현금이 없는 이 순례자는 한 푼도 넣을 수가 없다. 그러나 도네이션 알베르게의 대가는 그 액수의 크기에 있는 것이 아니라는 것을 이제 안다. 내가 느끼는 감사의 크기와, 그 베풂을 또 다른 누군가에게 전달하는 일. 도네이션의 대가는 그렇게 끊임없는 나비효과를 전달하는 일일 테다. 버르트의 발걸음이 벨기에의 암환자 인식을 바꾸고, 빈센트의 캠핑카가 순례자들로 하여금 스페인 시골 마을의 따뜻함을 느끼게 한 것처럼.

대가를 바라지 않고 베푸는 일, '도네이션'의 진짜 대가란 언제나 감사, 그리고 선의의 전달에 있을 것이다.

카운터 벽 한편엔 빈센트의 가족사진이 걸려 있다. 현금이 없는 나는 그의 가족을 그리는 것으로 작은 대가를 치르기로 한다. 내가 그림을 그려서 다행이다. 국적을 초월한 감사를 전할 방법이 있어서.

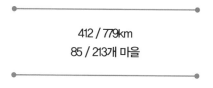

412 / 779km
85 / 213개 마을

20

운명을 믿나요

〈운명〉에 대하여

발레리아가 말했다.

"우리는 저기 다리 아래에서 잠깐 타로를 볼 거야. 잠깐 쉬었다 갈래?"

여기서 '우리'는 그녀의 남자친구인 대니엘을 함께 지칭한 것이었다. 나는 그 말이 쉬운 단어들로 구성되어 있었지만 전혀 이해할 수 없었다. 그것과 무관하게 나도 다리가 아팠기에 알겠다고 했다. 저기 멀리서 가부좌 같은 걸 틀고선 진지하게 뭘 하는 모습을 멀리서 지켜봤을 뿐이다. 몇 분 후 까미노는 재개되었다.

"발레리아, 그런데 타로를 본다는 게 무슨 말이야?"

내가 물었다. 그녀가 내밀어 보여준 것은 그냥 내가 알고 있는 타로 카드 한 뭉치였다. 그녀의 출신인 페루답게 그림이 이국적이긴 했지만.

"타로는 내 운명을 알려줘. 타로를 보면 미래를 알 수 있어."

"그러면 너는 늘 걷다가 이런 식으로 자주 타로를 봐?"

"그렇지, 갈래 길이 나오거나, 오늘 어디까지 가야 할지 모를 때, 아니면 어떤 생각이 해결되지 않을 때에도."

"지금은 어떤 생각? 이번에도 타로가 답을 알려줬어?"

"무슨 생각인지는 프라이버시지만, 응, 타로가 뭘 말하는지 알아챘어. 다행스럽게도."

나는 그 말이 그녀의 전공이라는 바이오 엔지니어링과 너무나 괴리가 느껴졌지만 굳이 말하진 않았다. 그녀가 그렇게 집중하는 신념에, 겨우 처음 본 내가 찬물을 끼얹고 싶진 않았다. 그녀의 남자친구 대니얼에게도 점괘를 묻고 싶었지만, 유난히 말수가 없는 그와는 두 마디 이상 이어지기가 어려웠다.

내가 말했다.

"발레리아, 한국에도 타로 같은 것이 있어. 아마 오리엔탈 문화일 거야. 'PALJA'라는 거 들어봤어?"

발레리아는 눈을 휘둥그레 떴다. 간혹 서양인이 동양에 관심을 가질 때가 있는데, 그것의 방향은 대부분 '신비'에 가깝다. 어쩌면 성경에 별을 보고 아기 예수를 경배하러 온 '동방박사'의 이미지에서부터 출발했을지도. 내가 얼른 부연 설명했다.

"팔자, P-A-L-J-A, '팔'은 Eight, 자는 'Character' 그러니까 여덟 개의 글자라는 뜻이지. 사람마다 태어날 때 가지게 되는 고유의 글자야. 그건 한국인이 타로보다 더 강력하게 믿는 운명이야. 누구나 자신만의 팔자가 있어."

나는 어쩐지 그녀가 내 말에 집중하며 이해하려 애쓰는 모습이 즐거웠다. 그녀는 한국인이 새해마다 그 사주팔자로 1년을 기대하고, 신문이나 웹사이트에서 매일매일 자신의 운을 체크한다는 사실에 적잖이 놀라워했다. 아니, 동질감 같은 것을 느끼는 듯했다. 생각해보면 그녀가 수시로 타로를 보는 것이 어쩌면 신문에서 '몇 년 생, 무슨 띠, 돈이 들어오는 날'을 믿는 것보다 훨씬 능동적이며 합리적이라는 생각이 들었다.

"팔자라는 건 어떤 글자들이 있는 거야?"

좀처럼 입을 열지 않던 대니엘도 가세했다. 그러나 나 또한 정통한 역술인도 아니었고, 심지어 사주팔자를 알게 된 것이 얼마 되지 않았기에 아무 말이나 할 수는 없었다. 사실은 근 1년 사이 관심이 생겨 이것저것 찾아보던 나였다. 얼른 웹사이트로 검색해본 뒤 간단히 일러줬다.

"사람마다 정해진 동물과 색이 있고, 물, 불, 나무, 흙, 금 같은 성질이 있어. 그리고 '살'이라는 운명이 있어. 이것은 타로의 '카드'처럼 정방향으로 작용하기도, 역방향으로 작용하기도 하는 나의 운명적인 특징 같은 거야."

이제 그들은 나를 동양의 역술가쯤으로 보는 듯하다. 억울하게도 마침 나는 수염이 길었고 머리를 풀어 헤쳤다. '동양의 역술가 보 선생' 심지어 뭔가 그럴싸할 것 같았다. 나는 하나님 믿는 사람으로 심한 죄책감이 들고 말았지만 멈출 수는 없었다. 그들의 눈이 본 적 없이 반짝거렸기에.

"우리한테도 팔자가 있을까?"

"몰라 그건, 그런데 봐줄 수는 있어, 태어난 연, 월, 일, 시로 보는 거라서."

대니엘이 본 적 없던 흥분된 목소리로 말한다.

"보, 우리 잠깐 저기 멈춰서 팔자 봐줄 수 있어? 우리한테는 너무 중요한 일이야."

열화와 같은 성원에 친구가 알려준 사주팔자 앱을 깔았다. 순간 이 스페인 낯선 땅에서 또 다른 낯선 나라의 사람들에게 사주팔자를 봐주고 있는 내 모습이 너무 어이가 없었다. 애초에 사주팔자 같은 이야기를 뭐 하러 꺼내겠는가. 걷는 내내 운명을 점치는 이런 사람들한테가 아니라면.

"발레리아, 너는 '신해일주'고, 대니엘, 너는 '을해일주'. 둘 다 동물은 돼지인데, 너는 파란색이고 너는 하얀색이야. 내가 전문가가 아니라서 풀이를 제대로 할 수는 없지만, 사주에 '지살'과 '역마살'이 가득해서 너희는 까미노에 올 수밖에 없었을 거야. 그건 세상을 떠돈다는 의미거든. 나도 마찬가지고."

더 설명해주기도 어렵고, 그들이 자꾸만 더 눈을 반짝이는 바람에 부담스러워서 얼른 번역본을 건넸다. 제일 설명이 많은 포스팅 글을 골라 영어로 번역해 보여줬다. 그들의 리액션은 외국인이라고 별로 다를 게 없었다. 어떤 구간에서 'Oh, I know, I know!' 하면서 고개를 끄덕거리기도 하고, 'Is it me?' 하면서 의문을 가지기도 했다. 한 10분 정도 골똘히 그 글을 들여다보더니, 에어드랍(AirDrop)으로 이 화면을 캡처해서 보내 달란다. 막 박수를 치며 'I love it.' 해대는 것이, 자기 팔자가 어지간히 마음에 들었나 보다.

나는 궁금해졌다.

"그런데 말이야, 너네 이걸 믿어? 한국인 누군가는 미신이라고 말하기도 해. 나도 일부분 그렇고."

대니엘이 말했다.

"그럼 보, 너는 너의 운명을 믿어?"

나는 얼버무렸다. 상황에 따라 다르다고, 어떨 땐 운명이란 게 없었음 하기도, 운명이 나를 돕는 것 같기도 하다고.

"보, 운명은 자신감 같은 거야. 믿지 않으면 사라져버려. 내가 마음에 드는 운명을 계속 지니고 살아가는 방법은, 내가 정말 그럴 운명이라고 계속 생각하는 수밖에 없어."

아하, 알겠다. 이들이 타로를 계속 보는 이유, 그것은 가위바위보나 주사위 같은 '행운'을 믿는 게 아니었구나. 그들은 자신의 운명 중 마음에 드는 것만 취하고 나머지는 버렸다. 이거, '자신감'이라는 거, 자신은 어떤 운명이든 잘될 거라는, 자신의 답을 의지하는 '답정너' 같은 거. 결국 그 '답정너'도 정해 놓은 답을 강하게 믿는 힘이었다. 결국 자신을 믿는 힘이었던 거다.

나는 인정하고 말았다. 좀처럼 나에 대해 믿지 못했던 날들을. 결국 이 까미노도 나를 믿지 못해서 떠나오게 되었다는 사실도. 나는 내가 좋아하던 나의 모습을 떠올렸다. 적어도 날 싫어하던 부장의 말보단, 날 찍어 누르던 내 절망적인 상황보단, 무조건 잘될 거라는 나를 믿었는데, 그 땐 누구든 자빠질 어려움도 나는 이겨낼 거란 강한 내 운명을 믿었는데.

슬픈 나의 운명은 내가 믿어주지 않은 까닭에, 어딘가 다리 밑이나 두 갈래 길에서 살펴봐주지 않았기 때문에 쓸쓸히 사라져가고 있을지 모른다는 생각이 들었다.

위대한 사람이 되겠다는 어린 날 나의 다짐은 결국 미래의 나를 믿는 힘이었다. 믿음직스럽지 못한 건 겁을 많이 먹은 현재의 나뿐이었다.

나는 그만 머리가 멍해져서 조금 혼자 걷고 싶다고 말했다. 그
들은 알겠다고 했다.

모처럼 영어로 이야기를 많이 나눈 날이었다.

444 / 779km
89 / 213개 마을

21

달이 차오른다, 가자

〈모험〉에 대하여

'휘둥그레'는 용례가 단 두 개 뿐이다. 휘둥그레 뜬 눈과, 휘둥그레 뜬 달.

솔직히 말하면, '휘둥그레 뜬 달'은 '휘영청 뜬 달'의 잘못된 표현이다. '휘'와 동그란 형태의 유사성이 사람들의 착오를 불러왔다. 그럼에도 그저 어제 저녁 내가 코키한테 그 말을 들었을 때 지었을 표정에 대해 표현하고 싶었다. 그때 내 눈은, 마치 보름달처럼 휘둥그레 빛났을 거다.

"오늘 밤 슈퍼문이 뜬다고?"

페루 출신 코키는 말했다. 슈퍼문이 뜨는 날 밤 걷는 까미노는 끝내줄 거라고. 비록 안전 때문에 밤에 걷는 것이 금지된 순례자긴 하나, 다신 없을 희귀할 기회라며 같이 걸을 사람을 세 명이나 마련해뒀단다. 내 눈이 아무리 작다지만 코키도 봤을 거다. 내 잔뜩 확장된 동공을.

나는 흥분했다. 밤에 걷는 순례길과 슈퍼문은, 절대 내가 피할래야 피할 수 없는 조합이었다. 달을 좋아하고, 밤의 순례자를 기대해왔기에. 새벽 1시에 칼같이 출발한다는 코키의 말에 딱 10분만 더 달라고 애교를 부렸다. 잔뜩 설렌 나에게 있어 그 말은 '내가 못 일어날지도 몰라.'라는 불확신보단, '내가 그만큼이나 꼭 가고 싶어.'라는 확신을 표현한 방법에 가까웠다. 나는 그 길로 인사도 하는 둥 마는 둥, 씻는 둥 마는 둥 잠자리에 들었다. 일부러

달이 뜨는 것도 안 보고서, 빨리 잠이 와라 눈을 질끈 감고서.

　사람의 의지는 정말 대단하다. 나는 평소 잠자리에 들던 시간, 자정에 눈을 떠버린다. 수학여행만큼이나 설레는 감정을 감출 수 없었다. "기대는 실망을 가져온다."라고? 상관없다. 슈퍼문이 얼마나 크게 뜨던지, 그런 것보다 그런 귀한 날에 이런 귀한 까미노를 걷는다는 게 이미 꽉 찬 달마냥 충만하게 내 가슴을 채웠다. 샤워를 하고, 짐을 챙기고, 아니 혹시 내가 너무 들떠서 뭘 빠뜨렸나 두 번 더 체크하고 12시 50분에 딱 알베르게를 나왔다.

　그런데 도대체 왜 아무도 없는가. 12시 50분부터 1시 20분까지 무려 30분을 기다렸다. 아니 1시에 칼같이 출발한다면서? 혹시 너무 칼 같아서 30분 일찍 출발한 건가? 전화번호나 SNS 계정 같은 것도 몰라서 무작정 기다리는 수밖에 없었다. 내 발걸음을 졸라대는 건 장기하뿐이었다. 들뜬 마음을 감출 수 없어서 이 조용한 마을에 장기하의 〈달이 차오른다, 가자〉를 틀어 뒀다. 그 노래는 그들이 나타날 때까지 틀어 놓을 심산이었다.

달이 차오른다, 가자.

달이 차오른다, 가자.

달이 차오른다, 가자.

달이 차오른다, 가자…

장기하와 얼굴들, 〈달이 차오른다, 가자〉 중에서

    그들이 안 나온다고 집에 돌아갈 순 없었다(유감스럽게도 내가 묵은 알베르게는 안에서 자동으로 잠기는 구조다.). 이미 슈퍼문은 하늘에 가득 차올랐다. 환했다. 장기하의 말처럼 나는 결정을 해야 했다. "이번이 마지막 기회야, 이걸 놓치면은 영영 못 가." 장기하는 무섭게 단언했다.

    "달이 차오른다, 가자." 그 가사가 나오기 무섭게, "꼬끼오−!" 아닌 밤중에 수탉이 울었다. 아주 우렁차게. 그래, 오늘 밤은 달이 드물게 가득 차올랐고, 지금 가지 않으면 내 평생 슈퍼문 순례길은 없어. 혼자라도 가자. 나는 짐을 메고, 발걸음을 뗐다. "워어어 워어어−." 저 달에 내 그림자가 길게 늘어지고, 순례자의 발걸음도 한 걸음 한 걸음 거리에 늘어졌다. 나, 지금 간다.

도저히 못 가겠다. 이게 마을은 어떻게 벗어났으냐. 진짜 너무 무섭다. 상상해보라, 아무도 없는 불빛도 없는 자정 너머의 시간, 어디 경상도 문경 3번 국도쯤에 홀로 서 있는 자신을. 낮의 그 만만하고 지긋지긋하던 풍경은, 밤이 되자 낯을 확 바꿔 다른 표정이 되어 있다. 아마 저 어둔 아래 짐승들도 잔뜩 기세등등해졌을 거다. 쪽수가 불리하다. 여기 사람은 나 하나, 미물은 지천에 깔렸을 테니.

　마침내 숲의 초입에 도착했다. 가방의 랜턴을 꺼내 켰다. 무슨 말도 안 되는 꺼림칙하고 이상한 푸른 빛이 랜턴 불빛에 닿아 어른거리다가 한꺼번에 사라진다. 진짜 이런 표현 조금 그렇지만 오줌 지릴 뻔했다. 뒤지게 무서웠다. 도로 무를 수도, 더 갈 수도 없는 자리에 서서 장기하를 원망한다. 기하 형, 그러니까 왜 사람을 부추기고 그랬어?

　숲길에 아무 빛도 안 든다. 이 어둠에 나를 집어넣은 내가 후회스럽다. 나에게 무서운 말을 했던 모든 사람들을, N(망상이 많은) 수치가 너무 높은 내 MBTI를 원망했다. 어떤 짐승을 가장 처음 만나게 될까? 뭐 그런 상상을 디테일하게 한참하고 있는데, 뒤편에서 불빛이 번쩍거린다.

　사람이다. 살았다…. 코키와 그 친구들이다. 자기들이 늦잠을 잤다며, 미안하단다. 시계는 2시를 가리킨다. 왜 같은 숙소 묵어

놓고선 나만 빼놓고 자기들끼리 뭉쳐서 나오는가 따지고 싶었지만 다 괜찮았다. 그 순간 그들의 등장이 눈물 날만큼 다행이었기에. 나는 허세를 부리느라, 묻지도 않았는데 그냥 혼자도 갈 수 있을 것 같아서 출발했다고 말했다. 그 말이 설득력을 가지기엔 그때 지팡이를 쥔 내 손이 볼품없이 떨렸던 것 같지만.

숲을 지나 큰 도로로 나오니 그제야 슈퍼문이 시야에 들어온다. 와, 슈퍼문이라는 게 아주 크기가 커서만 '슈퍼' 문이 아니구

나. 가로등도 다 꺼진 한밤에도 길이 환하다. 한국의 슈퍼문도 여럿 봤지만, 유럽의, 그것도 유럽 시골의 슈퍼문은 정말, 정말 밝은 것이었다. 길게 드리운 선명한 그림자가 발걸음에 맞춰 따라 걷는다. 순례자의 실루엣을 한 내 그림자가 무척 마음에 든다.

내 옆의 이 '코키'라는 친구는 아까부터 울프, 울프 대면서 웃고 떠든다. 자기네 고장 페루에서 있었던 울프와의 추억들을 그리는 것 같은데, 죄다 이긴 이야기는 없고 패배한 이야기다. 무슨 피해를 입었네, 사람이 죽었네…. 사람 좋은 표정 지으며 그가 말한다. "늑대는 이길 수가 없어. 엄청 빠르고 갑자기 떼거지로 나타나거든." 아니 그러면서 왜 자꾸 "아우우—"거리는 건데. 옆의 브라질 할머니가 껴든다. "걱정 마. 마녀는 늑대를 이겨. 이곳에 마녀가 나타난 걸 본 사람들이 있대."

다들 제정신이 아니다. 제발 그런 이야길 멈춰 줘. 왜 이런 영어들은 잘 들리는 걸까? 이런 것이야말로 진정한 '생존 영어'가 아닐까? "코키, Don't do that!" 이 미치광이가 계속해서 늑대 하울링 소리를 내는 바람에 동네 개들이 다 깼다. 각양각색 하울링에 밤거리가 말 그대로 왁자지껄하다.

새벽 4시가 넘어가니 다들 얼굴에 피곤이 뚝뚝 묻었다. 걸으면서 졸고 있다. 잠깐 벤치에서 쉬다 가기로 한다. 브라질 노인은 개수대에서 세수를 했고, 커플은 서로의 등에 기대어 잠깐 눈을 붙인다. "보, 좋아하는 노래를 틀어줘. 이 분위기에 맞는 곡으로." 코키가 음악을 요청한다. 나는 비틀즈의 〈Across the universe〉를 튼다.

Nothing's gonna change my world,

Nothing's gonna change my world,

Nothing's gonna change my world,

Jai Guru Deva Om.

The Beatles,, 〈Across the universe〉 중에서

다 같이 고개를 까닥거리며 함께 후렴을 불렀다. 낫띵스 고너 체인지 마 월드~ '자이 구루 데바 옴'은 '선지자여, 깨달음을 주소

서.'라는 뜻의 산스크리트어라는데, 그 신비로움이 이 달빛이 스며든 밤거리와 잘 어울렸다.

나는 지금 순례자라는 직업이 너무 마음에 들었다. 밤공기가 주는 서늘한 설렘과 저기 무슨 말을 전하려는 듯 환한 달, 이미 이 길을 지났던 수많은 선지자와 옛 순례자들의 발자국, 그리고 깨달음을 얻고자 페루와 브라질, 미국과 한국에서 온 여기 새 순례자들의 발자국. 아무것도 내 세상을 바꿀 순 없다고 여러 차례 말하는 존 레논의 반 백 년 전 기록된 목소리.

모두 여기 한 폭에 있다. 딱 어떤 감정이라 정의할 수 없는 기분들이 한꺼번에 달빛처럼 쏟아진다. 음악의 페이드아웃에 따라 까무룩 잠이 들었다….

두 달 전 동업자와 다투고 엄마에게 전화 걸어, 하던 스타트업을 관뒀다고 말한 그날 밤에도 나는 이렇게 동네를 걷고 걸었다. 밤은 낮 내내 강퍅해진 마음을 달래고 가만히 내 숨소리를 들려준다. 벌레도 울지 않는 그날의 고요한 밤이 꼭 현실 같지 않아서 우주를 떠나듯 그렇게 한없이 산책을 했다. 서늘한 공기 때문일까 그러면 열이 식고 기분이 조금 나아지는 것도 같았다.

그러나 산책은 어디까지나 다시 집으로 돌아가기에 산책이다. 현실 도피 또한 다시 돌아가야 할 현실이 있기에 도피이듯. 그 날 새벽까지 걷던 나는 결국 카카오 택시를 불러야 했다. 야간 할증에 올라가는 택시비 만큼이나 빠른 속도로 현실로 곤두박질쳤다.

적어도 지금 이 순례길을 걷고 있는 동안은 회귀를 잊는다. 짐승이 우는 숲을 지나서 모르는 마을을 몇 개 넘어왔더라도, 다시 돌아가지 않아도 된다. 순례길은 노란 화살표만 따라가면 되니까. 밤에 보는 노란 화살표는 꼭 어떤 별이 떨어지고 있는 흔적 같아서, 그 방향을 따라가다 보면 저기 까만 밤 너머 우주를 건널 것만 같다. 땅이 아닌 하늘을 걷는 기분. 나는 이 기분이 느끼고 싶어서 밤의 순례자를 그렇게 기대해왔었나 보다. 달이 닿을 듯 가까워지고 있다…

가까워진 것은 달이 아니고 코키가 내 눈에 들이댄 폰 플래시였다. "Wake up, Bo! It's Time to go!" 내가 30분이나 잤단다. 다들 짐 채비를 갖추고 나를 기다리고 있다. 그래 가야지. 곧 해가 뜰 테니까.

피곤해 죽겠다. 이제 우주는 됐고 빨리 알베르게에 가서 잠이나 자고 싶다. 지금은 발걸음보다 눈꺼풀이 더 무겁다.

462 / 779km
93 / 213개 마을

22

여행은 무엇으로 기억되는가

〈여행〉에 대하여

#1

여행은 낭비다.

혹자는 해외여행을 좋아하는 이유가 금전 감각이 맛탱이 가는 느낌이 좋아서란다. 일상에서 열심히 아껴서, 비일상에서 흥청망청 쓴다. 그것이 돈이든 시간이든.

진귀한 음식, 액티비티, 뷰 좋은 호텔… 일상에 없는 큰 자극일수록 좋다. 자극의 크기와 비용은 대부분 정비례한다.

여행은 얼마나 잘 낭비했는가로 기억된다.

#2

견문.

평소에 잘 쓰지도 않는 이 단어는 '보거나 듣거나 해서 얻어진 지식'이라는 뜻이나, 이제는 오직 부모님께 해외여행의 당위성을 설득시킬 때만 사용된다.

그 짧디짧은 시간의 견문을 가지고 돌아가봐야, 인생의 통찰은 커녕 영어 실력도 일취월장은 드물다.

여행 후 넓어지는 세상이란, 세계맥주를 고를 때 디테일한 기준 몇 가지와 '짠' 대신 외칠 다양한 구호 같은 거, 그리고 SNS의 피드 몇 장 정도가 있겠다. 화려한 비일상의 이색 경험들은, 한국에 돌아오면 쓸모를 다하고 어딘가 뒤편에 처박힌다. 그러다 언젠가 추억팔이할 때 한 번에 꺼내어 전에 그런 곳에 갔었더랬지 한다.

견문이라는 단어가 해외여행용으로 단축되었다면, 그 진짜 뜻은 '기념품' 정도가 적절하다.

#3
염세의 표적은 나다. 스물넷 첫 유럽여행을 시작으로 지금껏 돈 조금 생겼다 싶으면, 시간 조금 났다 싶으면 혼자서 비행기를 탔다. 그리고 어김없이 모든 걸 낭비하고서야 돌아왔다.
어디 부유한 댁의 자제도 아니고, 해외와 관련된 공부나 업을 하는 사람도 아니다. 쓸데 없는 걸 잘 사다 모으는 사람처럼 낭비할 데가 필요했던 것뿐이다. 시간이든, 돈이든.
그러니까 나는, '여행에 미치다' 같은 게 아니라 비일상, 낭비, 쓰잘데없는 기념품을 좋아하는 사람일 뿐이다.

#4
'유랑'이라는 인터넷 커뮤니티가 있다. 유럽 여행 정보를 공유하는 것이 이 커뮤니티의 주된 목적이다. 나처럼 혼자 여행하는 사람에게는 여행이 심심하고 외로울 때 동행을 구할 수 있는 공간이 되기도 한다.

샌프란시스코에서, 영국의 소도시에서, 또 어딘가에서 그렇게 네댓 번 동행을 구했다. 그중 몇 번은 마음이 꼭 맞아서 몇 날 며칠을 함께 여행했다. 오랜 친구처럼 티키타카를 주고 받았고, 믿을 수 없는 여행지의 우연한 장면 같은 것도 많이 마주쳤다.

일면식도 없는 사람과 급속도로 친해져 단 몇 시간 새 발을 맞추고 말을 맞추는 사이가 될 수 있던 건, 이곳은 비일상의 한 가운데, 여행지이기 때문이었다.

그 사실을 잊었다. 관계에 심취했다.

"우리 한국에 돌아가서 꼭 다시 만나자."

한국까지 가져온 운명적 관계는 모두, 내가 추억 상자에 처박아 둔 기념품들처럼 일상에선 가치를 잃었다. 아무리 그때의 일과를 되새기고 추억 보정으로 애써봐도 지속 가능한 것이 아니었다. 여행지에선 그렇게 빈번했던 우리의 특별한 우연도 더 이상 일어나지 않았다.

#5

감정 낭비.

시간 낭비와 돈 낭비는 애를 쓰면 회복이 됐지만 감정은 그렇지 않았다. 이따금씩 그 사람들을 떠올릴 때 미안한 기분이, 실망이 함께 떠올라 가슴이 아팠다.

그 사람도 나처럼 그랬을까.

한국에서 다시 만난 내가 실망스러웠을까.

어찌 되었든 나에게 '한국에서 다시 보자.'는 여행지의 금기어가 된다. 나는 그저 낭비를 쏟아내려고 비일상에 방문한 사람이고, 한국의 일상 속엔 그 사람은 더 이상 없다.

몇 번의 감정 낭비의 쓴맛을 보고서, 다시 여행지에서 유랑에 접속하는 일은 없었다.

#6

순례길 3분의 2 지점, 레온에 도착했다.

극의 '절정 파트', 곡의 '2절와 끝 그 사이'. 일반적인 예술 작품에서 3분의 2 지점을 황금비율이라고 지칭한단다. 레온은 걸으며 만나는 곳들 중 가장 크기가 크고 아름다워서, 황금비라는 말이 가장 잘 어울리는 도시. 메세타를 지나오느라 심신이 지치기도 했던 나는 이곳에서 사흘 정도 쉬어가기로 한다.

지난 밤 야간행군을 지낸 여파로, 알베르게 체크인할 힘도 없이 노숙자처럼 벤치에 누워 그대로 곯아떨어졌다. 아침 9시였다.

#7

정오의 뜨거운 태양에 잠에서 깼다. 땀에 절었고, 배가 고팠고, 피곤했다. 몸에서 냄새도 나는 것 같았다. 몸을 일으켜 숙소를 찾아야 했다. 가장 꼬질꼬질했던 그때, 그 앞을 지나던 U를 만났다.

귀밑으로 짧게 친 숏 컷이 가장 먼저 눈에 들어온 한국인 여자애 U는 나랑 같은 순례자로, 레온에서 며칠 쉬고 있다고 한다. 한 일주일만에 처음 만난 한국인이 너무나 반가웠기에 말을 걸지 않을 이유가 없었다. 그러나 내 첫 마디는 하필 행색만큼이나 꼬질했다.

"안녕하세요. 혹시 여기 스시 파는 데 아세요? 저 스시가 너무 먹고 싶어서요⋯."

대도시에서 가장 절실하게 하고 싶었던 건 낭비였다. 내가 아는 해외여행 방법대로 나는 틈만 나면 낭비를 하려고 했다. 그러나 순례길의 소박한 시골 마을에선 번번이 허락해주지 않았다. 레온에 도착하면 반드시 값 비싸고 신선한 스시를 마음껏 먹으리라, 그렇게 내내 다짐했었다. 하지만, 첫 마디에 그건 정말 아니었다.

어찌 되었든 그녀 역시 스시를 먹으려던 참이라고 했다. 재정비를 좀 하고서 스시 집에서 다시 만나기로 한다. 카톡을 교환하고 뒤돌아 섰다.

내 첫인상이 스스로 너무나 창피해서 얼굴이 달아올랐다. 잠도 달아났다. 잰 걸음으로 달아나듯 걸었다.

#8

U는 개성이 뚜렷한 사람이었다.

숏 컷과 허스키한 목소리, 제 몸통을 상회하는 40리터 배낭에, 그 배낭을 더 커 보이게 만드는 아담한 체구. 외모부터가 순례자들의 평균치에서 확실히 구분되었다.

그러나 진짜 개성은 그녀의 안쪽에 있었다. 자유로움을 찾아 떠나왔다는 그녀는 일반적인 까미노의 일정이나 코스는 전혀 상관없이 마음대로 여행하고 있었고, 시도 때도 없이 불쑥 자신의 철학을 말을 하고는 했다.

너에게 나를 맞춰가고 있다 말하지 마,
나에게 너를 초대할 뿐야.

정경화, 〈나에게로의 초대〉 중에서

이 가사 때문에 정경화의 〈나에게로의 초대〉를 가장 좋아한단다. 잘 어울렸다. 초대는 애초에 차려진 것이 있어야 할 수 있는 것이고 그녀는 내면에 차려둔 것이 많은 사람이었다.

아, 생각해보니 뚜렷한 것은 개성이 아니라 그녀의 주관, 그녀의 세상이었다.

#9
그날의 스시는 완벽했다! 와인을 보틀로 세 병이나 마셨다. 분명 메뉴판의 하얀 글씨만 무한 리필이라고 들었으나, 우리는 빨간 글씨의 스시를 무작위로 시켜댔다. 그 명분이 고된 순례길의 자기 보상이었는지, 해외여행의 습관이었는지는 기억나지 않는다. 우리의 의견은 전부 합치했고, 웬만한 건 전부 맛있었다. 미친놈처럼 올라가는 금액에 중국인 식당 주인만 노났다.

스시집을 나오고 나서도 무한리필은 이어졌다. 2차로 무언가 진토닉 같은 걸 먹으러 갔던 것 같기도, 3차를 갔던 것 같기도. 명백한 것은 이 길 위에서 처음으로 완벽히 만취했다는 것.
처음 본 사람 앞에서 나는 뭐 그리 신이 났는지 말들을 끝도 없이 주저리주저리 리필했고, 몇 가지는 채 줍지도 못한 채 기억에도 없는 귀가를 했다.

그 다음 날도 낮부터 술잔치가 계속된다. 이곳 스페인 사람들은 이렇게 대부분 늘상 술을 마신다. 물 대신 맥주고 샹그리아고 마티니다. 그러니까 다들 처음 본 사람도 "아미고^(Amigo, 친구), 아미고." 한다.

며칠 연속 물처럼 술을 마셨더니 둘도 없는 술친구가 되었다. 인간관계, 종교, 철학… 장르와 주제를 망라하여 이야기가 쏟아진다. 같은 순례자 신분부터 같은 MBTI, 같은 나이까지 공감대가 널렸다. 척척 말이 통한다. 오래 본 친구처럼.

그럼에도 내 세포 어딘가는 경계 근무를 서고 있다. 여행지의 우연은 어차피 떠날 때 다 여기 두고 가야 하는 거 잊지 말라고.

안다. 나는 그냥 술 때문에 그렇다고 한다. 술 때문에, 취한 김에 날 좀 많이 꺼내 놓은 것뿐이라 한다.

#10

어김없이 맛이 갔던 그 셋째 날 밤, 한 위스키 바에서 나는 아이패드를 켜 그동안 길 위에서 그렸던 그림을 보여줬다. U는 그게 흥미가 생겼는지 빈 종이를 하나 켜 달랜다. 곧이어 액정 위로 거침없는 선이 몇 개가 지나가고, 그녀의 철학이 내 앞에 꺼내어질 때처럼 불쑥, 하고 내밀어진다.

"나 그림 그리는 거 처음인데, 이거 살릴 수 있겠어?"

도전장이다.

그림이란 원래 단순한 선 몇 개 위에 최소한의 색만 발라도 형태가 살아나지만, 그녀의 말에 어떤 오기가 생겨서 전문성을 증명해 보이고 싶어졌다. 초보자의 날것의 선 위에 오버레이와 멀티플 쉐도우, 톤다운된 트렌디 컬러 같은 걸 발랐다. 최대한 현란하게, 현학적으로.

좁다란 위스키 바의 테라스에 그녀의 격렬한 리액션이 쩌렁쩌렁 찬다. 몇 가지 도전장이 더 날아온다. 나는 디제이가 즉석에서 드랍한 비트에 프리스타일을 하는 랩퍼처럼 된다. 다행히 그림 실력이 지난 한 달 내내 숙련되어 있었다.

도전을 모두 완수해내고, 우리는 상호간에 우리의 그림이 꽤나 그럴싸하다는 것에 동의했다.

"우리 이걸로 여기서 챌린지하자!"

그 계획을 어렴풋이 말했던 건 나였으나, 확신에 찬 목소리는 그녀가 낸다. 프로젝트 제목은 〈레온 시민 100명 그리기〉. 초심자가 그리는 선에, 전문가가 칠하는 색. 대상은 아무나 즉석에서. 그 콜라보는 무조건 성공할 수밖에 없다는 설명이다. 컨셉이 꽤나 마음에 들었다. 또한 이 꽤나 마음에 드는 레온에서, 까미노의 클라이맥스를 만들고 싶다는 의견도 합치했다. 지체할 것 없이 내일부터 2박 3일 동안 바로 시작하기로 한다.

우리는 의기투합하여 잔이 깨져라 마티니를 부딪쳤다. 어제 스시를 주문하고 기다리던 때의 마음이 되어 잠에 들었다. 아니, 설레서 좀처럼 잠에 들지 못했다.

#11

결과는 성공적이었다.

우리는 3일 만에 80명의 사람들을 만나고 그랬다. 조금 더 와 닿게 표현하자면, 도네이션으로 300유로, 35만 원 정도를 벌었다.

성당 앞에 서서 손을 흔들었고, 꽤 많은 레온 시민들이 화답했다. 그것은 여행지의 나처럼, 누군가의 기분 좋은 낭비였으리라.

그렇다면 낭비는 낭비로 화답하고 싶었다. 도네이션으로 번 돈은 모두 먹고 마시는 데 쓰자고 말한다. 역시나 U는 격하게 동의한다. 같은 술이라도 노동을 타면 더 달다. 그림 그려 번 돈으로 사 먹는 술은 행복한 맛이었다.

그렇게 다시 2박 3일 흥청망청 술을 마셨다. 이 정도면 순례자보다는 '술'례자다.

#12

여기 길치 둘은 이제 레온을 눈 감고도 다닐 정도가 되었다. 그림 그린답시고 술 마신답시고 일주일간 온 동네를 들쑤시고 다닌 탓이다. 몇 번씩이나 갔던 바 한 군데서 와인을 시키고 서로 소감을 묻는다.

각자 느낀 것은 대동소이 하지만 완벽히 일치하는 건, 레온은 이 순례길에서 잊지 못할 도시가 되었다는 것. 이런 특별한 경험을 하게 해줘서 고맙다는 그녀에게, 나 또한 특별한 기억으로 오래 남을 것 같다며 공을 돌렸다.

이 도시의 일주일 동안 우리는 순례자가 아니었다. 해외여행의 동행이었다. U 덕에 순례의 경험 외에도 한국에 가지고 돌아갈 '견문'을 얻었다. 레온에서 늘어놓은 그녀의 철학 덕분이다.

U는 레온에서의 일주일을 채우고 먼저 떠났다. 나는 하루 남아 밀린 글과 생각을 정리하겠다 한다. 그녀가 떠나고, 알베르게 지하 식당에 앉아 여태껏 그랬던 것처럼 이 도시의 지난 사건들을 차곡차곡 정리한다.

그런데 이상하다. 글로 옮기려는데 사건들 위에 표정이, 말들이 덮인다. 죄다 U의 것이다.

내 것이 없다.

#13

여행지에서 누구에게도 곁을 길게 주지 않았던 건 내 자기방어
였다. 감정 낭비를 피하고, 내가 만들어 나가는 여행을 방해받고
싶지 않아서.

그러나 이렇게 누군가 방어벽을 허물고 깊숙이 들어오는 순
간, 여행은 사건과 배경 중심에서 인물 중심으로 서술 방식이 바
뀐다. 여행의 주체가 혼자가 아닌 둘이 된 순간, 내 기억의 주인
은 바뀐다.

가령 내가 언젠가 레온을 떠올릴 때는 기억 속 거기에 항상 U
가 있을 것이다. U는 언제고 그 광장에서 와인을 마시고 있고,
그 알베르게 앞 횡단보도에 쪼그려 앉아 있다. 내가 그 시간을 좋
아했기 때문에, 레온의 좋았던 기억이 대부분 그런 식이었기 때
문에, 나는 레온을 떠난 이후에도 그곳을 떠올릴 때마다 그녀가
있는 세상으로 초대된다.

샌프란시스코를 떠올렸을 때, 영국의 소도시를 떠올렸을 때도
그곳을 내 가장 행복했던 여행지로 기억하는 까닭은, 내가 잘 낭
비했기 때문이 아니라, 이색 경험이 아주 특별했던 게 아니라, 내
기억 속 그곳에 그들이 항상 남아 있어서, 그때의 내가 그랬듯 행
복한 표정으로 멈춰 있기 때문이다.

내 좋았던 여행의 기억에는 모두 그렇게 사람이 있었다.

#14

대개 여행은 얼마나 잘 낭비했는가로 기억된다.

그러나 '좋았던 여행'은 사람으로 기억된다.

내가 혼자서 벌인 자극과 낭비는 그 여행지의 모습과 함께 쉽고 허무하게 가물가물해지지만, 함께했던 사람과의 기억은 그 여행의 인상으로 결정되어 추억된다.

내가 그때의 여행이 그리워져서 또다시 찾아가더라도 그때의 감동과 행복은 좀처럼 찾지 못하고, 그러다 결국 그곳에 남아 있는 그때 그 사람과의 흔적들을 쫓게 되는 까닭이다.

나에게 그 사람은 어떤 기억으로 남는가. 그리고 내가 어떤 사람으로 그 사람에게 기억되고 싶은가. 그런 것이 결국 여행을 풍성하게 만든다.

이곳에서 그림을 그렸던 일도 결국은 이 낯선 땅, 여행자들에게 좋은 기억으로 남고 싶은 이유였다. 그 사람들이 언젠가 그 그림을 볼 때, 그걸 그려주던 수염 난 동양인 남자가 떠오를 테니까.

결국 난 그들에게 그렇게 좋은 사람으로 기억되고 싶으니까.

#15

나는 여전히 우리가 한국에서는 만나지 않았으면 한다.

내 추억 속 레온의 주인은 그대로 한국에는 오지 말고, 내 허접한 일상 곁에는 절대 오지 말고, 그냥 계속 레온에, 그곳에 자유롭게 남아 있어 주길 바란다.

나도 U의 기억 속에 처음 그려본 그림에 색을 덧입히던 동업자로, 낯선 도시에서 만난 술 친구로 언제고 즐겁게만 남아 있길 바란다.

이것은 일상의 낭비로부터 겨우 도망쳐서 또 다른 낭비나 하러 이 자유의 길을 떠나온, 자유로운 척했던 내가 하는 부끄러운 고백이자 고집이다.

다만 U가 이 글을 보고 있다면 이 말을 전하고 싶다.

너의 세상에 초대해줘서 고마웠다고.

462 / 779km
93 / 213개 마을

PART. 5

고점에 물린 듯

462km ~ 608km

Day-35

Foncebadón

23

형아
〈꼰대〉에 대하여

레온에서 일주일이나 쉬게 될 줄이야. 다시 출발하려니 꼭 까미노를 새로 시작하는 것 같다. 그러나 피레네 산맥을 눈앞에 두었던 그때처럼 막막한 기분은 아니다. 지난 500km를 걸어오며 다양한 경험들을 한 덕에 남은 300km쯤이야 가볍게 느껴졌다. 그동안 나는 이 길에 제법 노련해졌으며, 나의 모든 것은 업그레이드되었다.

- 체중 12kg 감량
- 양쪽 다리 (거의) 완치
- 튼튼한 양말 한 켤레, 수건 한 장 추가
- 인사말 "올라^{Hola, 안녕}"에서 "올라 부에노스^{Hola Buenos, 안녕하슈 정도}"로 진화
- 1km 페이스 13분 대에서 11분 대로 단축

자신감이 붙는 것은 다른 이유도 있다. 까미노에는 내가 걷는 '프랑스길' 외에도 다양한 루트가 존재하는데, 대부분이 이 구간부터 합쳐져서 산티아고 데 콤포스텔라까지 한 길로 향한다. 이때 가장 구간 길이가 긴 프랑스길의 순례자는 상대적으로 짧은 길이의 순례자들에 비해 의기양양해지는 것이다.

그냥 자신감만 들면 좋으련만. '다리 색이 아직 뽀얀 걸 보니 메세타를 안 걸어봤구만.', '레온부터 시작하다니, 순 반쪽짜리

까미노네.' 이런 비교하려는 마음이 드는 것이 문제다. 진짜 그런 순례자가 더러 있다. 별 꼴이다 싶겠지만은, 나 또한 까맣게 그을린 다리로 누군갈 앞지를 때, 혹은 나의 출발지인 '생 장 피에드포르'를 말할 때 약간 뿌듯한 마음이 들었던 것이 사실이다. 한국 순례자들 사이에서 이런 사람들을 '까미노 꼰대'라고 부른다.

여기 이 까미노 꼰대도 기가 잔뜩 살았다. 아침에 만난 다리가 유난히 뽀얗던 몇 순례자들이 꽤나 좋은 리액션으로 지난 공적을 치켜세웠기 때문이다. 오늘이 까미노 1일 차라는 그들에게, 나는 선배로서 어떤 도움 될 만한 조언을 제공해야겠다는 책임감이 든다. 이런 알베르게는 가지 말라던가, 이렇게 걸으면 발바닥에 물집이 잡힌다던가, 몇 시 이후엔 걸으면 안 된다던가, 이런 것들. 영어도 잘 못하면서 그들의 기대에 부응하기 위해 손짓 발짓 써가며 열심히 꿀팁을 뿌렸다. 후, 그럼 선배는 이만. 괜히 더 잘 걸어야 할 것 같은 기분에 보폭을 더 크게 벌려 그들을 앞질러 갔다.

오늘의 주인공은 이 친구다. 마드리드 출신의 남자 '예고'(한국에서 그 이름이 티저(Teaser)라는 뜻이라고 말해주니 되게 좋아했다). 키가 훤칠하며 구레나룻에서 턱까지 자연스레 이어지는 수염이 멋진 마초 스타일이다. 어제 레온에 도착해 오늘 첫걸음을 뗀 그는 아직 가방에 순례자의 상징인 조개껍데기도 없고, 등산 스틱도 없다. 다만 그 탄탄한 피지컬 덕분일까, 걸음걸이가 성큼성큼하여 나와 보폭이 비슷했다. 그렇게 우리는 자연스레 함께 발을 맞추게 되었다.

그의 유창한 영어 덕분에 우리는 꽤나 많은 이야기를 나눴다. 말이 많은 스타일은 아니었으나, 그의 단어들은 대부분 쉬운 것들이어서 의사소통이 어렵지 않았다. 그런데 시간이 지날수록 마초스런 첫인상과는 다르게 어딘가 어리숙하게 느껴진다. 갑자기 우뚝 멈춰서 나무에 달린 열매를 따 귀에 꽂는가 하면, 도로 쪽으로 너무 붙는 바람에 화물차들의 경적으로 자주 주의를 받기도 하고, 특히 뭐랄까, 그 특유의 웃음소리가 엄청나게 순박했다. 약간 '헤헤헤' 이런 느낌? 엄마, 아빠와 몇 차례 계속해서 전화를 주고받는 모습을 보고, 혹시나 싶어서 조심스레 물었다. "예고, 실례가 안 된다면 나이가 어떻게 돼요?" 이럴 수가. 그는 대학교 새내기 첫 여름방학을 맞이하여 이곳에 온, 만 19세 '틴에이저'였다!

그의 나이를 알게 된 후부터 그는 다른 사람이 되었다. 아니, 실제로 달라진 것은 아무것도 없었으나, 이제는 내가 챙겨줘야 하는 사람이 된 기분이다. 자기가 제일 좋아하는 슈퍼마켓 브랜드를 신나서 말할 때도, 자기 친구들의 이야기를 자꾸만 전해줄 때도, 내 애플워치에서 페이스 알림이 울릴 때마다 이번 페이스는 몇 분대냐고 물어올 때도 그가 어떤 귀여운 '동생'처럼 보였다. 이제 그의 입에서 나오는 'you'라는 단어는 더 이상 '너'가 아닌 '형아'로 번역되고 있었다. 하긴, 이렇게 어린 동생과 이야기를 이토록 오래 나누는 것도 정말 오랜만이니. 나이를 알기 전까지만 해도 그와 소통하고자 갑절의 말을 늘어놓으며 쩔쩔매다가, 형이랍시고 말을 아끼며 무게를 잡으려는 내 자신이 우습기도 하였다.

　한참을 아무것도 없는 곳을 걷고 있을 쯤이었나, 그는 갑자기 멈춰 서서 툭 하고 가방을 내리더니 고개를 연방 두리번거렸다. 그러곤 이렇게 말했다. 아니, 이렇게 번역되었다.
　'형아 나 화장실 갈래.'
　욘석, 아까 마을에서 다녀왔어야지. 어쩐지 몇 분 전부터 과하게 발걸음이 빨라졌다 싶었다. 두루마리 휴지까지 꺼내 든 것 보니 응급상황이 맞다. 나는 형 된 도리로 그의 거사를 필사적으로 도와야겠다는 사명감이 들었다. 어쩌지. 구글 지도를 켜보니 30분은 가야 한다. 이럴 땐 자연의 품이다.

몇 발자국 더 먼저 뛰어가 커다란 나무나 도랑 같은 은신처를 살핀다. 저 갈라지는 길목에 사각지대를 발견했다! 예고, 바로 저기다. 짐은 나에게 맡기고 어서 다녀와! 그는 엄지를 보이고 종종걸음으로 사라진다. 그제야 나도 어깨의 짐을 내리고 자리에 앉아 한숨 돌린다. "Now, Everything is okay…." 잠시 뒤 이쪽으로 돌아오는 그의 표정은 한없이 평온했다.

눈치 보지 않는 솔직함이 예고의 매력이었다. 나는 그것이 그가 나이가 어리기에 가질 수 있는 매력이라고 생각했다. 반대로 내가 그것들을 대부분 잃은 이유 또한 내가 나이를 먹은 탓으로 생각하기도 했다. 나이와 순수는 반비례하니까.

지식을 얻은 대가로 순수를 잃었던 지난날들을 돌이키며 그의 어리숙을 필사적으로 살피고 보살폈다. 부러워하면서.

그러니까 '진짜 꼰대'들이 화를 내며 '다르다' 자리에 '틀리다'를 넣을 때, 나는 그것이 어느 정도는 순수에 대한 질투의 감정도 섞인 게 아닐까 생각한다. '내가 다 해봤는데, 그거 안 돼.' 염증의 원인은 타인의 실패에 대한 걱정보다는, 좌절되었던 본인의 순수에 대한 한풀이라고.

'아직 20대일 때 순례길을 가고 싶어.'

이 길도, 충동적인 출발의 뒤편에는 순수에 대한 조바심이 있었다. 꼭 만 서른이 되기 전에, 아직 순수한 나이일 때 날것의 깨달음을 느끼고 싶었다. 자리에 앉은 채 이 길에 대한 손익과 건강과 기회요인을 셈하고 있게 될까 봐, 무엇보다 완주 후의 허무가 견딜 수 없어서 '순례길 내가 가봤는데, 그거 다 시간 낭비야.' 하는 나이가 될까 봐 덜컥, 쫓기듯 떠나왔다.

그렇지만 고작 며칠 더 걸은 것으로, 예고의 나이를 알게 된 것으로 손쉽게 마음이 꼰대가 되는 것을 보니, 결국 나는 몇 살에 왔더라도 쉽게 셈하고, 쉽게 시샘했을 사람이다. 정작 순례길이란 잘나고 못나고를 떠나 그저 이렇게 나란히 걷는 것이 전부일 뿐인데.

예고가 물었다. 그래서 '생 장 피에드 포르'부터 걸었더니 깨달은 것이 있느냐고. 나는 조금 생각해보고, 아까 길에서 본 소크라테스의 말을 인용한 광고를 인용한다.

"내가 아는 것이 없다는 것을 알았지. 하지만 하나 알아, 우리가 좀 이따 함께할 점심은 끝내줄 거라는 거!"

'레온'부터든 '생 장'부터든 다 똑같은 순례자지 뭘. 맞지? 소크라테스도 모른다고 말한 인생의 깨달음을 고작 500km쯤 걷는다고 알 수는 없는 거다. 혹시 모르지. 산티아고에 도착하면 알게 될지도. 아직도 여전히, 걷다 보면 알게 되겠지라며 막연한 짐작을 한다.

487 / 779km

99 / 213개 마을

24

어느 맑은 날의 단상

〈잡념〉에 대하여

구도자의 기도

'오늘도 깨달음과 건강을.'

매일 아침 알베르게를 떠나기 전 기도한다.

꼭두새벽 알베르게 앞 꽤 많은 순례자들이 손을 모아 기도한다. 이 순간이 이 길에서 가장 순례자답다.

나 또한 이 기도 덕에 여기까지 왔다.

여태껏 살아왔다.

까미노 깊숙한 곳에서만 느낄 수 있는 것

스페인 가정집은 가장 예쁜 꽃을 집의 바깥에 둔다.

스페인 식당은 음악을 틀지 않는다.

스페인 사람들은 미안하다는 말을 좀처럼 하지 않는다.

스페인 말투는 속사포처럼 아주 빠르고 서로 겹친다.

다섯 번의 스페인 여행동안 전혀 몰랐던 스페인을 까미노에서 우루루 알게 된다. 그들이 얼마나 외향적인지, 그들이 얼마나 대화를 좋아하는지, 그들이 얼마나 열정적인지.

어쩌면 순례길을 걷다 보면 가장 잘 알게 되는 건 스페인의 찐 매력일지도 모르겠다.

스페인 관광청의 대성공이다.

까미노 다이어트

갈비뼈가 만져졌다. 대략 2년 만이다. 매일 8시간을 꼬박꼬박 움직이는데 안 빠지는 게 이상하다고 생각했지만, 나 같은 고도 비만의 경우엔 이 정도면 단기 다이어트 캠프에 가깝다. 내 애플 워치에 따르면 하루 30km, 8시간을 걸었을 때 소모되는 칼로리 양이 2,000칼로리를 훌쩍 넘는다. 여기에 고려되지 않은 10kg의 배낭 무게와 뜨거운 태양은 덤이다.

그동안 한국에서 시도했던 운동들은 모두 지겨움으로 중도 포기되었지만, 이곳에서는 아무리 지겨워도 계속 걸어야만 한다. 산티아고에 도착하기 전까지.

자기 보상형 폭식만 경계한다면 누구든 쉽게 체중 감량을 경험할 수 있다. 나는 100kg에서 출발하여 34일 차에 87kg가 되었다.

살이 안 빠져서 고민이시라구요? 까미노를 떠나보세요. 스페인 풍경을 보며 효과적으로 살을 뺄 수 있는 절호의 찬스!

물론 피레네와 메세타 고원은 비밀이다.

악기친화훈련

순례자들 중에 뮤지션이 많다.

짐도 무거울 텐데 악기까지 멘다. 제 몸만 한 기타를 멘 조그마한 여자애도 봤다.

군대 훈련병 시절 '총기친화훈련'이 떠오른다. 말 그대로 자신의 소총과 친해지는 훈련으로, 화장실 갈 때도, 식사할 때도 늘 총기를 메고 다닌다. 그것은 사격 실력의 향상과 전혀 상관 없었지만, 손때 묻은 오래된 총기를 내내 바라보며 '내가 정말 군인이구나.' 같은 실감이라던가 전시 상황의 내 모습을 상상했던 것 같다.

꼬박 한 달 동안 자신의 무기를 지고 걷는다는 건, 자신의 역할에 몰입하는 일일지도 모르겠다.

예술가는 몰입이 직업이니까.

걷는 꿈

지난 밤 걷는 꿈을 자꾸 꾸고,

그런 아침이면 괜스레 억울하다.

이만큼 걸었는데 초기화된 느낌이라서.

꿈 속의 시간이 새벽이나 아침이면 더욱.

못 떠날 이유

마침내 왼쪽 발목 리스프랑 인대 장애 판정을 했던 의사의 진단이 떠올랐다.

고도비만의 장시간 유산소 운동과 무릎 부상의 연관성에 대해 말했던 헬스 트레이너도 떠올랐다.

좀 더 현실적으로 시간과 비용을 안배해서 더 좋은 시기를 찾아보라는 친구의 말도 떠올랐다.

한국에 있으면 산티아고 순례길을 지금 떠날 수 없는 이유가 자꾸만 추가되었다. 다 내가 불완전한 사람인 탓이다.

여기 유러피안들은 미루지 않는다. 자신의 스케줄에서 단 2주의 여유만 생겨도 출발한다.

아마 위치가 가깝고 경비가 저렴한 까닭도 있겠으나 본질은 미래보다 현재를 더 중요하게 생각하는 그들의 마인드라고 생각한다.

내가 까미노를 해낼 수 있는지 없는지는, 어제의 책상머리보다는 오늘의 까미노 위에서 더 확실하게 알 수 있겠지.

내가 순례자라는 걸 실감할 때

2시간, 3시간, 그렇게 한참을 걷다가 잠깐 나무 그늘 아래 주저앉아 쉰다. 몇 분간 몸이 편안했다가, 다시 출발하려고 짐을 들쳐 멘 그 순간.

그 잔혹한 무게감을 온몸으로 느끼는 순간, 나는 내가 순례자임을 깊게 실감한다. 이거 테마 여행이 아니구나. 내가 스스로 선택한 고난길이구나.

한 걸음 한 걸음의 무게가 다르다. 그렇게 몇 날 며칠이고 묵묵히 감내한다. 순례는 어떤 깨달음으로 내 안에 무겁게 가라앉는다.

512 / 779km
105 / 213개 마을

25

까미노의 꼭짓점

〈낭만〉에 대하여

폰세바돈Foncebadon은 낭만적인 마을이다.

'낭만'은 확실한 정의가 없음에도 불구하고 현대인들이 정확한 용례로 사용하는 말이다. 그것은 이성과 형식의 반의어이자 자유, 모험, 자연 등과 유의어의 관계이기 때문이다. '낭만적이다.' 라고 말하고 싶어지는 모든 순간의 문장을 보라. 깔끔한 마침표 대신 소란스러운 느낌표를 집어넣는다면, 그런 유의한 감정을 느낀 것이 분명히 맞다. 그러니 이토록 느낌표가 잔뜩 붙는 까미노야말로 더할 나위 없이 '낭만 여행'이지 않겠는가. 둘 다 로마와 관계가 깊다는 것(낭만은 '로망스'의 일본 음차표기에서 비롯된다.) 또한 닮은 점이다.

그때의 로마인들이 얼마나 낭만적이었는지는 모르겠으나, 여기 까미노의 꼭대기, '폰세바돈'에 모인 우리 순례자 넷은 낭만 그 자체였다. 이날의 다른 서사는 생략해두고, 폰세바돈에서의 낭만에 대해 이야기하고자 한다.

폰세바돈은 까미노 전체를 통틀어 손꼽힐 만한 상징적인 마을이다. 그 높던 피레네의 꼭대기보다도 약 100m 정도 더 높은 1,522m 고도, 그러니까 까미노에서 가장 높은 곳에 위치한 마을이며, 아주 예전에 버려진 건물을 현대에 전부 알베르게로 개조하여 재탄생된 마을로, 알베르게 다섯 채와 식당 두 군데, 바 한 군데가 마을의 전부인, 그야말로 까미노를 위해 존재하는 조그마한 마을이다. 이곳에서 2km 정도 걸어 올라가면 '철의 십자가Cruz de Ferro'라 불리는 아주 높은 십자가가 있는데, 순례길의 의미가 더해진 덕분인지 '가장 하늘과 가까운 십자가'로 알려져 있다. 그러니까 이 까미노를 걷는 순례자라면 어떻게든 하루 머무르기 원하는 매력적인 마을이라는 거다.

지금 여기엔 지난 알베르게에서 새롭게 동행이 된 한국인 남자 H와 이틀 전 함께 걸었던 '예고', 그리고 또 다른 마드리드 남자 '호세'가 있다. 우리는 한 알베르게의 긴 탁자에 둘러앉아 늦은 저

녁을 먹는 중이다. 마을이 작아서 알베르게가 몇 개 안 되기도 하지만, 넷 다 각자의 늦장을 부리는 바람에 마지막 자리가 남은 알베르게였던 것이 우리가 한곳에 모인 이유다. 예고는 지난 밤 술 파티를 하느라 늦잠을 자고 저녁 7시가 되어서야 도착하는 바람에 침대도 배정받지 못했다. 그럼 어디서 자느냐고? 저 야외 뒷마당에 텐트가 몇 구 있다. 오늘 그는 이 마을에서 가장 낭만적으로 잠에 드는 남자가 될 예정이다.

"형, 나는 좀 이따 해 질 녘에 철의 십자가를 보러 가려고."

이 시간에? 항상 자기식대로 자유롭게 여행을 하는 H다. 나도 철의 십자가에 대해선 들은 적 있으나 별 생각 없었다. 관광을 위해 마련된 조형물 정도겠지. 그러나 막상 그 앞에 서면 자신도 모르게 눈물을 쏟는 순례자가 꽤나 있을 정도로 까미노의 대표적인 랜드마크라는 게 그의 설명이다.

그렇다면 나도 그 감정을 온전히 느껴보고 싶었다. 무거운 가방이나 다음 날 일정 같은 걸 신경 쓰지 않아도 되는 가벼운 상태로. 같이 가도 되느냐고 물었더니 흔쾌히 승낙한다. 하늘엔 마침 노을이 묻기 좋도록 적당히 구름이 꼈다.

폰세바돈은 낭만적인 마을이다.

마을의 그 짧은 오르막을 오르는 동안 노래 부르는 악사와 기타 소리가 끊이지 않고, 마을의 거의 모든 사람들이 거리에 나와 있는 듯하다. 그들은 머리가 닿을 듯 낮게 깔린 구름에, 이 마을의 고즈넉한 분위기에 취해 있다.

　이 분위기와 공기를 온몸으로 느끼고 싶어서 팔 벌려 걸었다. 두 팔은 바람을 기분 좋게 갈랐다. 마을에서 사 온 와인 한 병을 땄다. 땅거미가 천천히 내려앉는 들판을 걸으며 와인을 홀짝거렸다. 취하기엔 터무니없이 낮은 도수임에도 기분이 어지럽다. 이 공기에 알코올이 섞인 것이 틀림없다. 공기 한 모금, 와인 한 모금, 한참을 번갈아 마시느라 전방의 가로획이 흐릿하게 느껴질 때쯤, 저 멀리 또렷한 세로획이 시야에 들어온다.

　철의 십자가다.

　꽤 멀리서부터 H는 꼭 눈물이 날 것 같다고 말했다. 꼭 이런 사람들을 보면 신기하다. 이유를 묻고 싶었지만 말로 설명을 하면 감정이 깨질 것 같다길래 보류했다. 십자가가 성큼성큼 가까워져도 '아 그냥 그게 저기 있구나.' 싶었다. 나는 원래 예술 작품을 보아도 감동을 잘 받지 않는 부류다. 무덤덤했다.

무덤덤할 줄 알았다. 철의 십자가 바로 코앞에서, 훌쩍거리기 시작한 것은 다름 아닌 나였다. 나는 난데없이 울기 시작했다. 거짓말처럼 눈에서 뜨거운 것이 흐른다. 이것은 어떤 생각에 따라 도출된 것이 아닌 저절로 몸이 반응한 것이었다. 정말이다. 머리 꼭지부터 저릿한 전기 같은 것이 느껴지더니 몸통 전체가 압도되어 견딜 수가 없었다.

이름 모르는 이들의 간절한 소원들이 적힌 빼곡한 돌무더기, 그 위로 오랫동안 그 자리를 지키느라 녹이 슬고 야위어서 위태롭게, 그러나 꿋꿋하게 서 있는 철 기둥 하나, 맨 꼭대기에는 묵묵히 하늘을 바라보고 있는 거룩한 십자가. 우뚝 선 그것이 커다란 느낌표를 닮았다. 철 기둥에 손을 가져다 대니 전율이 돈다. 글로 다 표현할 수 없는 수많은 느낌들이 정신없이 가슴에 스며든다. 그 상태로 한참 동안 소리 없이 눈물을 쏟았다. 근 몇 년을 통틀어 가장 많이 울었던 것 같다. 초월적인 공간이 필요해서 현실을 떠나왔다고 말했던가. 이곳은 까미노의 그 어느 곳보다도 현실을 초월한, 까미노의 아득한 꼭짓점이었다.

꼭지점에 위태롭게 서서 나는 하염없이 어떤 생각들을 했다. 이를테면 파도 같은 인생을 살다가 여기 꼭대기까지 밀려오게 된 크고 작은 나의 사연들, 순례자의 모습으로 가장 높은 십자가를 바라보는 경외심, 여기까지 올라올 수 있도록 날 살아 숨쉬게 한 수많은 은혜들, 그 많은 이름들 같은 것. 소원을 빌 틈도 없이 생각들이 쏟아졌다. 아무래도 단순 여행으로 이곳에 왔다면 느끼기 어려웠을 감동이었겠지. 다른 순례자들도 그런 비슷한 감회에 눈물을 흘렸지 싶다. 지금 이 순간 내가 순례자라는 사실이 너무나 감사한 낭만으로 느껴진다. 소원을 비는 대신 감사기도를 하고서 돌무더기에서 내려왔다.

너무 오래 묵상에 빠졌었나 보다. 어느덧 사방에는 어둠이 짙게 깔렸다. 거리는 얼마 안 되지만 가로등도 없는 산길이었기에 돌아갈 길이 겁이 났다. 마침 SUV 한 대를 발견하곤, H는 서둘러 그들에게 다가간다. 번역기 앱을 몇 차례, 손짓을 몇 차례 나누더니 금방 화색이 되어서 나더러 이쪽으로 오란다. 히치하이킹이었다. 새삼 그의 친화력과 실행력에 놀란다. 자리가 없으니 트렁크에 태워줘도 괜찮겠냔다. 우리는 오히려 좋다.

덜컹거리는 트렁크는 뒤 창이 시원하게 뚫려 있다. 네모난 화면 안에 우리가 지나온 풍경이 멀어져가는 걸 바라봤다. 꼭 명화 같다. 일부러 마을에서 조금 떨어진 도로에 내려달라고 했다. 고요한 도로, 차도 가로등도 없다. 신발을 벗었다. 천천히 어둠이 지고 있는 그 한가운데를 맨발로 걸었다. 한껏 들이쉰 숨에 가슴

한가득 자유라는 감정이 들어찬다. 낭만은 이런 것이구나! 들숨
보다 더 깊은 날숨을 뱉는다.

구름이 걷힌 자리에 우수수 별이 켜진다. 하늘이 가깝고 달도
빛도 없으니 별이 엄청 밝다. 이런 밤엔 쉽게 취한다. 호세와 예
고를 불러서 넷이서 와인을 마셨다. 역시나, 단 두 병에 알딸딸하
다.

우리는 예고의 텐트가 있는 뒷마당에 벌러덩 누워서 하늘을 올
려다봤다. 이건 너무 비현실적이다. 별이 당장 여기로 쏟아져 내
린다 해도 놀라지 않을 것 같다. 한참을, 한참 동안을 아무 말 없
이 무수한 야광을 바라봤다.

많은 날들을 낭만을 잊은 채 살았다. 치열하게 살았던 날들의 최종 목적은 결국 사실 이런 거면서. 아무 생각 없이 아무 제약 없이 그냥 누워서, 하염없이 별이나 세면서, 풀 냄새 바람 냄새를 맡으면서, 늘어져 가는 시간을 느끼고 싶었던 거면서. 그러나 지난 날을 아쉬워할 마음도 잊은 채 그저 별이 가득한 밤을 부유하는 중이다. 황홀한 무아지경. 여기는 그런 곳이다.

폰세바돈은 낭만적인 마을이다.

537 / 779km
111 / 213개 마을

26

세상에 오르막 개수만큼 내리막이 있다

〈슬럼프〉에 대하여

인생이 힘겨울 때 오르막길에 비유하곤 한다. 웃음기 없이 거칠게 숨을 내쉬는 것이 닮았다. 그렇다면 내리막은? 인생이 편할 때? 아니다. 신중하게 발을 내디뎌야 한단 걸 본능적으로 아는 때. 그래서 잘못 미끄러졌다간 영영 나락으로 떨어질 것 같을 때. 인생이 위험할 때다. 그러니까 '오르막이 있으면 내리막도 있는 법' 같은 위로는, 힘들어 죽겠는데 '힘내'라는 위로만큼이나 잔인하고 실효성 없는 응원인 것이다. 결국 오르막도 내리막도 힘들고, 인생의 은은한 웃음기 도는 순간이란 평지뿐이다.

하고 싶은 말은, 내리막은 결코 편한 길이 아니라는 거다.

까미노에는 '제2의 피레네'라고 불리는 초 고난이도 구간이 있다. '가장 높은 곳'에서 단 하루 만에 약 1,000m의 고도를 내려간다. 15km 정도의 짧은 구간이라고 좋아할 게 아니다. 이런 코스에서 길이가 만만하다는 건 그만큼 내리막이 아주 가파르다는 뜻이 된다. '가장 높은 곳'에서 눈치 챘겠지만, 바로 오늘이 그 구간이다. 여기 불쌍한 두 남자는 잠시 후 닥칠 비극을 모른 채, 컵라면에 물을 붓고는 콧노래를 부르고 있다. 내리막길이라 땀 날 일도 없겠다며 히죽거렸다.

우리의 하산은 오전 10시쯤, 평소보다 느지막한 시간에 시작되었다. 확실히 방심한 것이다. 처음엔 '버즈'나 '플라워' 같은 락 발라드를 소리 높여 부르며 통통 뛰듯이 잘도 달음박질쳤다. 그러나 무언가 잘못되어가고 있음을 느낀다. 내리막이 끝나는 지점에는 평지가 이어져서 다리가 긴장을 푸는 순간이 있어야 하는데, 도저히 그 지점이 안 보인다.

단 30분 만이었나, 아프다. 통증은 신발 안 앞으로 쏠린 엄지발가락에서 시작되어 그다음은 잔뜩 선 종아리 근육, 이윽고 하반신 전체가 바들바들 떨리는 지경에 이르렀다. 30분째 거의 까치발 모양으로 산을 내려온 거다. '이래도 내리막이 우스워?' 길은 뾰족하게 정색을 하고 있었다. 우리는 심각해졌다. H가 걱정이 되었다. 그는 원래부터 무릎 연골에 문제가 있었다.

"아무래도 택시 타야 할 것 같아."

현명한 판단이었다. 2시간 걸어오는 동안 다른 순례자를 한 사람도 보지 못했다. 오늘 코스의 악명이 자자하여 이미 많은 사람들이 대중교통을 탄 까닭이다. "같이 타자, 내가 낼게." 그가 상냥한 제안을 건넸지만, 모르겠다, 그 순간 나는 어떤 오기 같은 것이 들었던 모양이다.

"좀 이따 아랫마을에서 만나자. 내가 남은 내리막이 어땠는지 들려 줄게."

나는 마치 소년만화의 클리셰처럼, 어떤 사명감 같은 걸 두른 목소리로 '먼저 가, 놈은 내가 해치울게.' 같은 말을 뱉었다. H는 두어 번 더 제안하다가 끝내 내 고집을 꺾지 못했다. 우리는 큰 길가로 빠져나와 택시를 불렀다. H가 잘 닦인 아스팔트를 굽이 굽이 빠른 속도로 멀어지는 걸 한참 지켜보다가, 나는 다시 나의 던전으로 돌아왔다.

고독한 까치발 레이드는 다시 이어진다. 페이스를 체크해보니 1km에 20분이 찍힌다. 평소보다 두 배나 느리다. 내내 유산소 운동이었던 까미노는 오늘 근력 운동으로 종목을 바꿨다. 다리에 꼿꼿이 힘을 주지 않으면 정말 죽을 수도 있다. 사인은 낙사. 그만큼 가팔랐다.

저 멀리 새들이 훌쩍 고개를 넘는다. 저들은 다리가 삐쩍 말랐다. 높은 곳에서 나처럼 꼿꼿이 다리 힘을 줄 필요가 없다. 그저 뛰어내리며 날개를 벌리고 바람의 저항을 느끼기만 하면 된다. 활강하는 기분은 어떤 걸까? 문득 스카이다이빙을 해보고 싶다는 생각이 들었다.

그 순간, 심장이 덜컥, 하고 내려앉는다. 아뿔싸. 자갈 중 매끈한 놈을 밟은 모양이다. 발바닥은 날 선 경사면을 따라 빠른 속도로 미끄러졌고, 손이 바닥을 짚은 다음에야 겨우 멈췄다. 별로 크게 다치지 않은 것은 역설적이게도 경사가 너무 심한 까닭에 손과 지면의 거리가 그리 멀지 않았던 이유다. 자리에 위태롭게 주저앉아서 손에 박힌 돌을 빼내며 투덜거렸다. '날개뼈나 꼬리뼈가 다 무슨 소용이냐.' 인간은 날개나 꼬리가 있어야 했다고, 이건 명백히 퇴화가 맞다고.

내리막에서 특히 이족보행하는 인간의 약점이 여실히 드러난다. 어찌 보면 인간이 유독 겁이 많고 생각이 많은 이유도 이족보행 때문일지도 모른다. 날개도 꼬리도 퇴화해버린 인간은, 투박한 두 발바닥으로 열심히 땅을 밀어내거나 꼿꼿이 힘을 주지 않으면 쉽게 휘청거리고 만다. 도구를 쥐는 대신 균형을 잃은 인간은 결국 일생 내내 서커스 같은 인생을 살아가도록 설계되었다. 자빠지지 않기 위해서, 워크 앤 라이프 밸런스니 하면서. 내리막에선 주저앉아도 마냥 편하지도 않다.

자리를 털고 일어난다. 다리가 잔뜩 겁을 먹은 모양이다. 덜덜 떨고 있다. 저기 다음 마을에 도착하면 쉬겠노라고 어르고 달랬다. 60도로 비스듬히 박힌 나무들과 돌부리들을 의지해서 겨우겨우 비탈을 다 내려왔다. 마을에 도착하자마자 맥이 풀려 땅바닥에 주저앉았다. 시계를 보니 3시간이나 걸렸다. 아직 반밖에

못 왔는데. H에게 카톡을 보냈다. izi의 〈응급실〉 첫 소절로, 절절하게. '후회~ 하고 있어요….'

까미노의 출발지 '생 장 피에드 포르'의 고도는 지상에서 100m쯤 된다. 원래 높은 곳에서 시작한 게 아니라는 거다. 지금 이 내리막은 결국 지난 며칠간 쌓아온 오르막 높이와 같다. 다만 오르막은 자신감만 있으면 되었다. 이 악물고 나를 믿으면 정상과 조

금씩 가까워졌고, 뿌듯함도 있었다.

반면 내리막은 그렇지 않다. 잘 내려가는 방법이 아무리 많아도 한 번 헛디디는 순간 사고가 된다. 얼마나 더 가야 하는지 끝이 보이지도 않는다. 그저 미끄러운 곳을 밟지 않게 비는 수밖에. 살려만 달라고 다리를 바들바들 떨면서. 사람은 내리막에서 너무나 겸손해진다.

슬럼프 앞에서 나는 늘 작아졌다. 인생에서 지내온 수많은 오르막길은 비록 힘에 부칠지라도 도전하고 한계를 극복하는 재미가 있었다. 그러나 인생의 내리막길을 걸을 때, 모든 일상의 균형이 무너져 내리고 불안의 끝이 보이지 않을 때, 내가 할 수 있는 거라곤 이 순간이 어서 지나가기만을 바라고 기도하는 것이 전부였다. 무력감에 겁에 질린 채로.

나는 마치 인생에 내리막이라곤 없어 보이는 누군가나, 그 위험천만한 길을 한달음에 해치운 다음 다시 차곡차곡 오르막을 쌓는 무던한 누군가를 부러워했다. 그들은 새처럼 자유로워 보이기도, 초인처럼 용감해 보이기도 했다. 나도 그들처럼 멋지게 슬럼프를 이겨내고 싶었다. 아무 일도 아니란 듯이.

나를 이곳으로 떠나오게 만든 나의 아픈 슬럼프들을 떠올리며 내리막에 다시 발을 얹었다. 아마 이 내리막을 외면할 수 없었던 건 나의 숙명이라고 생각했던 모양이다.

내가 오른 만큼 내려갈 뿐이다. 이 길은 겨우 내가 만든 내리막이다. 그렇게 되뇌며 고통을 걸었다.

두어 번 더 미끄러지고 몇 번 더 중턱에서 쉬어 간 다음 그렇게 다시 3시간 정도 더 사투 후 평지로 튕겨 나올 수 있었다. 잘 닦인 평평한 도로. 한 5시간 전쯤 H가 택시를 타고 지나간 곳이다. 인간이 이토록 나약하구나. 나처럼 평지로 불쑥 튕겨 나온 노인이 눈을 마주치곤 말을 건넨다. "Super hard!" 노인의 다리도 후들거리고 있었다. 나는 그 말이 위로가 되어, 고개를 세차게 끄덕여 긍정을 표했다. "We did it!" 이 내리막 하나 내려왔다고 나의 슬럼프가 종결될 순 없겠지만.

평지를 조금 지나니 아름다운 강이 나온다. 사람들이 수영을 즐기고 있다. 오늘 묵을 '몰리나세카Molinaseca'라는 마을이다. 마을 초입의 식당에서 H를 다시 만났다. 평온한 얼굴이다. 내리막이 어땠냐는 말에 멋있게 '별 거 없었어.' 하고 싶었지만, 사정없이 후들거리는 다리를 해명해야 했다. 어른스러운 H는 나의 조금 긴 하소연을 받아준다.

우리는 강 건너 테라스에 앉아 일몰을 구경했다. 빨갛게 익어가는 들판을 무대로 어린 소년들이 엎치락뒤치락 레슬링을 하고

있다. 힐끗 쳐다보는 사람들이 모두 관중이다. 각자 모양대로 포
개진 사람들은 서로 각자만 아는 이야기들을 속삭인다. 자연스레
펼쳐지는 이 로컬의 풍경이 참 평화롭다.

내내 고통으로 찡그렸던 미간은 이제 슬며시 펴진다. 내일은
또 내일의 고난길이 있겠지. 그렇지만 지금은 여기 노릇한 평화
에 젖어들고 싶다. 술기운이 노곤하고 온몸에 피가 돈다. 잠이 온
다.

556 / 779km
115 / 213개 마을

27

메디테이션 알베르게

〈명상〉에 대하여

7월 25일 오늘은 산티아고의 축일이자 원래 내가 까미노를 마쳤어야 할 날이다. 성인 남자 기준 한 달 남짓 코스로 보는 프랑스 길 일정상 6월 19일에 출발한 나는 지금쯤 산티아고 인근 마을에라도 있어야 하는 게 맞다. 그러나 나에게는 아직 열흘에 가까운 일정이 더 남았고, 여기서 200km 떨어진 곳에는 예정대로 오늘 밤 아주 큰 불꽃놀이가 터질 거다. 지난 2년간 코로나 때문에 중단되었던 모든 행사를 재개하는 기념으로, 산티아고의 날 축제를 아주 성대하게 연다는 소문이 이 길 위에 쫙 퍼졌다. 크게 아쉽지는 않았다. 쉬어 간 덕에 얻은 재미있는 경험이 많았으니까.

아무래도 그게 아니었나 보다. 아침부터 느릿느릿, 몸이 이상하게 굼뜨다. '나도 불꽃놀이 보고 싶었는데.', 나의 무의식 깊은 곳에서 몽니를 부리고 있었다. 생각해보면 출발하면서부터 어렴풋이 산티아고 축일에 맞춰 도착해 있는 내 모습을 그렸다. 산티아고 데 콤포스텔라에 도착하자마자 나를 위해 준비된 듯 터지는 불꽃놀이, 팡파르, 그리고 화려하게 부활하는 내 인생 제2막! 그러나 축제와는 거리가 먼, 턱없이 멀리 떨어진 거리에서 평범하게 전개되는 하루가 실망스러운 거다. 오늘, 이 산티아고 축일에는 불꽃놀이를 대신할 무언가 사소하더라도 특별한 일이 일어나야만 했다.

　H는 불꽃놀이가 무어 대수냐며 나의 서운함을 일축했지만 발걸음만은 나와 같이 게으르게 맞춰주었다. 오히려 행사를 보려고 서둘러 떠난 순례자들 덕분에 거리가 이렇게 널널하지 않느냐다. 불꽃놀이를 놓쳤더라도 썩 나쁘지 않은 까닭은 순전히 H 덕분이었다. 그는 다정한 남자로, 며칠간 그와 나눈 이야기만으로도 나는 일종의 힐링을 느꼈다. 또한 그가 하는 선택은 대부분 옳았기에, 함께 다니면 재미있는 일이 저절로 많이 생겼다. 불꽃놀이와 H 중 택일을 할 수 있었다 해도 나는 여지없이 그를 골랐을 테다.

　"여기 내려가서 콜라 한잔하고 가자, 형."

　쭉 뻗은 길을 느릿느릿 걷고 있을 즈음, H가 제안했다. 그가 가리킨 곳은 아무것도 없었지만, 나무를 헤치고 들어가면 숲 속에 작은 알베르게가 하나 나온단다. 그는 구글 지도를 보고 있었다. 정말로 큰 나무 몇 그루 뒤편에 작은 오두막이 덩그러니 하나 있었다. 동화 같은 분위기를 풍기는 그 집을 향해 홀리듯 걸었다.

　끼이익 소리를 내며 커다란 나무 대문이 열린다. 외관만 보면 꼭 커다란 나무꾼이 살 듯하나, 웬 세련된 분위기의 젊은 서양 여자가 나왔다. 다만 옷차림이 조금 특이했는데, 오래되고 젊고가 문제가 아니라 그것은 오리엔탈에 가까운 것이었다.

"메디테이션 알베르게입니다. 머무는 동안 명상을 돕죠. 이곳은 인터넷이 안 되고, 식사는 오직 비건 음식뿐이에요. 매일 저녁 7시에는 단체 명상 프로그램이 있습니다."

역시나, 이곳의 자원봉사자라고 자신을 밝힌 여자의 통 넓은 바지는 인도풍의 요가 복장이었다. 내부를 둘러보니 이국적인 분위기가 곳곳에서 느껴졌다. 편안한 인센스 향이 오래된 나무에 스며들어 있었고, 인도의 무슨 신 무슨 신을 그려놓은 양탄자나 포스터 같은 것이 벽을 가득 채우고 있었다. 약속이나 한 것마냥 이곳의 사람들은 목소리를 조용조용하게 내고 있었는데, 그 덕에 바람 소리나 나뭇잎 흔들리는 소리들이 더 크게 들려서 이곳의 분위기를 더욱 신비롭게 만들었다.

명상이라, 내 인생에서 명상이란 중학교 수학여행 때였나, 다 같이 강당에 모여 이루마의 〈Kiss the rain〉을 틀어 두고 눈을 감은 뒤 부모님에 대한 효나, 감사함 등을 생각하던 게 전부였다. 그것은 H도 마찬가지였기에, 우리는 오늘 이곳에서 명상을 한번 제대로 체험해보자는 의견에 서로 동의했다. 시계는 정오를 가리

컸다. 진도를 멈추기엔 이른 시간이었지만 짐을 풀고 샤워를 했다.

　마을이 아닌 곳에서 하룻밤을 묵게 된 것은 처음이었다. 이곳은 이 알베르게 한 채 빼곤 주위에 불빛 하나 없는, 정말 덩그러니 세워진 별장 같은 알베르게였다. 그럼에도 꽤 많은 투숙객이 있다. 아마 전문적인 명상을 할 수 있다는 정보를 듣고 찾아온 '명상 덕후들'인 게 분명했다. 그도 그럴 것이, 명상 시간이 다가오자 인도풍의 옷을 챙겨 입고 나온 이들이 몇 있었던 거다. 아까 비건식으로 저녁을 나눠 먹을 때도 서로 자신의 명상에 대한 경험과 지식을 나누고, 뭔가 '타지마할', '아쉬타카'(는 아니었을 테지만, 문외한에겐 그렇게 들렸다) 같은 인도식 고급 인사말(?) 같은 것도 주고받았다. 우리는 죄 모르는 내용이었기에 눈만 끔뻑거렸다.

　'여기서 누가 가장 명상 레벨이 높을까?' 가장 내공이 높아 보이는 사람은 단연코 우리 맞은편에 앉은 상투를 틀어 올린 독일 남자였다. 얼굴에 피어싱이나 특이한 장신구, 양 팔뚝 빼곡히 한자로 뭐라 뭐라 적힌 타투들, 무엇보다 시종일관 평온한 표정이 딱 봐도 '명상 고수' 느낌이 물씬 났다. 역시나, 인도를 몇 차례나 다녀온 베테랑이었다. 그가 스마트폰에 저장해둔 그의 인도 여행기를 보면서, 대체 카르마도 그렇고, 사주도 그렇고, 서양 사람들이 오리엔탈에 푹 빠진 이유가 궁금해졌다. 그들은 하나같이 그저 개인 취향이라고 말했지만.

저녁을 해치우고 알베르게 앞 뜰에서 시시콜콜한 이야기를 나누다 보니 금세 7시가 다 되었다. 명상실은 깜깜한 계단을 타고 오르면 있는 위층 어딘가에 위치해 있었다. 그러나 현관에서부터 어떤 악기 소리가 들려서 우리는 그 소리를 따라 쉽게 명상실을 찾을 수 있었다. 더듬더듬 문손잡이를 잡았고, 이윽고 그 문이 열렸을 때, 그 느낌은 내가 이제껏 살아오며 경험한 적 없는 새로운 것이었다.

'삐그덕' 하고 펼쳐진 세상은 바람이 먼저 반겼다. 숲을 닮은 공기는 에어컨 없이도 선선했고, 가습기 없이도 촉촉했다.

그다음은 냄새다. 한국에서도 인센스 스틱을 피워봤지만, 진정한 사용처를 몰랐고, 이제는 안다. 그 공간을 채운 머릿속이 아득해지는 기분은 제자리를 찾은 인센스 향에서 왔다.

다음은 시야. 이생이나 전생을 체험하면 그런 느낌일까? 빛이 따스하게 들었고, 알록달록한 인도풍 색감이 눈앞에 펼쳐졌다.

까만 고양이 한 마리가 그 사이를 비집고 걸었고, 그의 동선 끝에 닿은 것은 다름 아닌 아까 전 상투를 튼 남자였다.

울렁, 울렁, 울렁…. 그는 그 가운데에 앉아 커다란 뿔 같은 걸 입에 물고 들어본 적 없는 소리를 내며 음악을 만들어 내고 있었다. 그는 악사였다! 이 모든 것이 차례대로 내 오감으로 침투했다. 멍해지는 것은 당연했다.

상상해보라. 일제히 지긋이 눈을 감은 순례자들, 살랑거리며 방 안을 채우는 숲의 바람, 처음 듣는 오묘한 악기 소리가 채우는 공간. 명상이 아니라 득도라도 할 것 같았다. 하지만 호들갑을 떨수는 없었기에, 익숙하다는 듯 눈을 감은 그들을 따라 흉내를 냈다. 눈을 감고 공간의 흐름을 상상하며 따라갔다.

쏴아아—하는 잎사귀 소리 때문에 내가 마치 바람을 타고 있는 아주 가벼운 무언가가 된 것 같은 착각이 들었다. 아니, 비유하자면 물이 없어도 파도 위에 떠 있는 기분이 되었다. 넘실넘실. 머릿속이 차분해지며 의식이 해체된다. 흐릿한 이성 속에서도, 내가 지금 하고 있는 것이 '진짜 명상' 비슷한 것이라는 감각만은 확실했다. 아, 이게 명상이구나…. 내 정신은 마치 해파리처럼 나뭇잎을 따라 흐물거렸다.

Feel the light…

See the light…

Follow the light…

중년 여성의 쇳소리 섞인 음성이다. 눈을 감아서 보이지 않아도 이미지가 그려졌다. 빛을 따라가라고 되뇌는 그녀의 음성이 다정하게 느껴진다. 그녀는 아주 잘 부르는 가수는 아니었지만, 그녀의 음이 이탈하거나 엇나갈 때마다 불규칙하게 파도가 치는 것처럼 느껴져 오히려 더 좋았다.

악사도 악기를 바꿨다. 핸드럼 소리가 둥둥둥 하고 공간에 동그랗게 퍼졌다. 파도는 2차원에 누워 파장이 되었다. 해파리는 선처럼 수면 위에 납작하게 흘러 다녔다.

처음 해보는 명상에 푹 빠져서 정처 없이 한참을 흐르다가, 악사의 'Okay….' 하는 엔딩 멘트를 듣고 현실로 돌아왔다. 마음이 정말 차분해졌다. 나는 누군가에게 배운 것이 아니라 스스로 흐름을 따라 명상의 무아지경을 체험했다는 것이 뿌듯했다. 잔향을 맡듯 명상의 여운을 맡았다.

상투 튼 남자는 자신의 핸드럼과 뿔나팔을 들고 전세계를 다니며 명상을 인도하는 악사고, 노래를 불렀던 중년의 여자는 이 알

베르게의 주인이다. 오늘은 남자가 이 알베르게에 묵는 동안 펼쳐진 특별 공연 같은 것이라는 그녀의 설명에 흥분을 감출 수 없었다. 아, 이게 오늘 준비된 불꽃놀이를 대신할 특별한 이벤트구나! 나는 우연과 운명의 상관관계를 철썩 같이 믿는 사람이다.

"이곳은 400년 전 지어져서 지금까지 순례자들과 함께 명상하고 그들을 먹이고, 재워주는 곳이에요. 웰컴 인 마이 알베르게."
여주인은 미소 띤 표정으로 말했다. 그야말로 평온한 표정이었다. 멋진 미소라고 생각했다. 그제야 돌아본 사람들의 표정에는 각자의 미소와 평온이 묻어 있었다. 명상에 레벨이라던가 방

도 같은 건 없구나. 스스로 평온해지고 중심을 잡는 일, 그 길이
전부 명상이었다.

내가 본 그들의 멋진 표정을 기록하고 싶었다. "내가 여러분을
그려드려도 될까요?" 당연하게도, 대답은 'Why not.'이다.

명상이 끝나고 알베르게 앞 뜰의 테이블에 쪼르르 모였다. 1교
시 악사 양반의 명상 시간이 끝나고 2교시는 코리안 드로잉맨의
그림 시간이다. 그림을 그리는 동안 그들과 별별 이야기를 했다.
오늘만큼은 서툰 영어라도 술술 대화가 통하는 것 같았다. 그들
이 무슨 말이라도 다 받아줄 것 같았기 때문에, 그들의 리액션을

안주 삼아 신나게 선을 그으며 아무 말이나 내뱉는다. 일종의 고백이다.

"오늘은 제가 인생에서 처음으로 진짜 명상을 한 날인데요, 뭐랄까 오늘이 터닝 포인트가 될 것 같아요. 진짜 자유를 느꼈거든요. 언젠가 명상을 하게 된다면 오늘이 생각 날 거예요. 당신들 정말 자유롭고 멋진 사람들이네요!"

덩달아 들뜬 그들은, 그럼 여기서 같이 자원봉사를 하자며 부추긴다. 그러나 이들처럼 이곳에 몇 달이고 묶여 있을 자신은 없다. 내 자유란 어디까지고 체험판이다. 까미노도 끝이 있단 걸 알기에 시작되었지, 만약 기약 없는 여행이었다면 훌쩍 떠나오지 못했을 거다.

문득 한국에 돌아간 내 모습이 떠올랐다. 이 여행이, 이 고행의 길이 나중엔 그저 수많은 추억 중 한 가지가 되면 어떡하지? 명상처럼, 잠깐 빠졌다가 현실로 서둘러 복귀하는 체험판이면 어떡하지? 나는 당신들처럼 순수하게 자유에 몰입할 수 없다. 떠나온 목적은 오로지 현실을 살아갈 힘을 빌리기 위해서였다. 같은 길을 걷고 같이 명상해도 그들과 나 사이에는 단절된 괴리감이 있었다. 나는 조울증 환자처럼 일순간에 서글퍼졌다.

그런데 애초에 명상의 기능이란 그런 걸지도 모르겠다. 해파리처럼 떠다니다 보면 나의 해류의 흐름을 알게 되는 경험. 나의 진짜 바다를 만나는 방법. 나 같은 지독한 강박주의자도 잠깐은 자유로운 기분을 느낄 수 있는 것. 나는 대화가 끝나고 그들이 잠자리에 들러 간 다음에도 자리에 누워 한참을 내 해파리를 떠올렸다.

581 / 779km
122 / 213개 마을

28

50:50

〈작별〉에 대하여

그날은 바람이 많이 부는 날이었다.

H와는 정이 많이 들었다. 어쩌다 보니 5일이나 함께 동행을 했다. 이 길 위에서 이토록 오래 함께 걸은 건 그가 유일했다. 우리는 대화가 너무 잘 통했고, 같이 있으면 재미있는 일이 많았다. 그러나 여행의 초점이 그와의 우정에 맞춰지는 것을 바라지 않았다. 오직 무언가 깨닫고 돌아가야 한다는 사명으로 떠나온 까미노였기에, 나는 고집스러운 혼자만의 고행을 이어가야만 했다. 다시 말하지만, 우리는 언제쯤에선 각자의 길을 가야 했다.

"형, 나는 여기서부터 혼자 가려고."

두 마을쯤 건너왔나, 한 이탈리안 레스토랑에 들러 점심을 먹다가 불쑥 H가 말했다. 옅은 미소를 띠고 있었다. 그는 다정한 남자였기에, 나는 그 표정이 나와의 동행이 싫어서가 아니라는 의사 반, 그리고 이런 말을 꺼내 미안하다는 의사 반이라는 걸 눈치챘다.

내가 섭섭해 한다고 오해하지 않도록 '그래 그래, 나도 이제 글 써야 하거든.'하며 씩 웃어 보였지만, 그런 내 표정이 더 어색하게 만드는 것 같았다. 행여나 그가 설명을 보태서 더 어색해질까 봐 나는 아무 말이나 해댔다. 파스타 맛이 어떻다는 둥, 어제 명상이 어땠다는 둥.

두 갈래 길은 이 길을 걷는 동안 무수히 많았지만, 이렇게 거리까지 뚜렷하게 표시되며 양 갈래로 나뉘는 길은 처음이었다. 나란히 놓인 표시석은 딱 여기서 서로의 길을 가면 된다고 말하고 있었다. 우리는 각자의 무운을 빌며, 서로 팔을 벌려 포옹을 해주었다. H는 첫인상처럼 씩씩하고 남자답게 저편으로 멀어졌고, 나는 그가 안 보일 때까지 손을 크게 흔들어주었다. 언덕 너머로 그가 사라지고 나서야 나도 발걸음을 옮겼다.

혼자가 아닌 둘 이상이 되면 괜히 나오는 것들이 있다. 감탄사라든지 감성적인 생각이라든지, 지나는 이에게 말을 걸 자신감이라든지, 그런 것들. 그가 떠나고 다시 혼자 걷기 시작하니 그런 것들이 전부 음소거 된다. 나는 다시 맛있는 걸 먹을 때 그저 속으로 '맛있군.'이라고 생각하고, 사람들에게 말을 걸지 않기 시작했다. 멋진 건물을 보고 소리 내어 '와~!' 해봐도 창피한 기분만 들지 신나진 않았다. 금세 조용해진 내 여행에서 그의 존재감이 느껴졌다.

사람의 상호작용이라는 것은 소통 외에도 감각을 극대화해주는 기능이 있다. 그의 호들갑은 맛있는 건 더 맛있게, 멋있는 건 더 멋있게 기억에 남게 만들었다. 혼자였다면 하지 않았을 것들도 용감하게 시도했고, 충분히 오버했다. 손뼉이 서로 부딪쳐야 박수가 된다고, 그냥 조용히 흔들고 말았을 순간도, 리액션이 부딪치니 생생한 기억으로 남는다. 우리가 죽이 잘 맞아서도 있겠지만.

그래서 오히려 끝맺을 필요가 있었다.

계속 함께 걷고 싶은 마음이 커져서 집착이 되지 않도록, 이제는 혼자 걷고 싶은 마음이 더 커져서 싫증이 되지 않도록, 좋은 마음으로만 서로에게 남기 위해서 말이다. 아마 이 지점이 현명한 H가 선택한 그 두 감정의 50 대 50이다. 우리는 박수 칠 때 잘 떠났다.

그와의 우정에 초점이 맞춰지길 바라지 않았다지만, 오늘의 이야기는 이것이 전부다. 그가 없는 하루가 텅 빈 것처럼 느껴졌기 때문이다. 오랜만에 혼자 걷는 길이 낯설다. 바람이 크게 불길래 혼자 노래나 크게 불렀다. 쏴아아 쏴아아 하는 나뭇잎 소리가 박수 소리를 닮은 것 같기도 하였다.

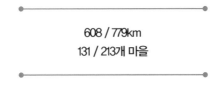

608 / 779km

131 / 213개 마을

PART. 6

할 수 있다면

608km ~ 779km

Day-43

Santiago de Compostela

29

그걸 왜 갖고 싶은데
〈충동구매〉에 대하여

산티아고 데 콤포스텔라까지 얼마 남지 않았음을 실감한다. 성당이 그려진 기념품 상점들이 눈에 띄게 늘었다. 순례자만큼이나 일반 관광객도 많이 보이기 시작했고, 단출하게 조개껍데기만 달려있던 배낭들에도 주렁주렁 다양한 기념품이 달렸다. 그 중에도 가장 많이 보이는 건 표주박 모양의 액세서리다. 큰 의미는 없고 그저 물을 담아 다니던 순례자들의 상징이란다. 별 생각 없었는데 자꾸 보니 예뻐 보이는 것도 같다.

한 기념품 가게에 우뚝 멈춰 섰다. 문 앞에 잔뜩 놓인 표주박 키링이나 하나 배낭에 달겠단 심산이었다. 그러나 이내 가게 안을 가득 메우고 있는 알록달록한 기념품들에 시선을 빼앗긴다. 배낭과 지팡이를 앞쪽에 벗어두고 본격적으로 탐색을 시작한다. 배지부터 시작해서 수첩, 펜, 기념주화…. 안 사고 지나치면 후회할 것 같은 예쁜 쓰레기들이 즐비했다. 가격도 꽤 착하다. 저기 인상이 푸근한 주인은 몇 개 사면 에누리도 곧잘 해줄 것 같다. 예쁜 쓰레기들이 너도나도 자기도 데려가 달라고 아우성을 친다. 이걸 어째. 마음 약한 나는 잔뜩 데리고 나오는 수밖에 없었다. 미쳤다. 35유로. 근 5만 원어치를 사버렸다. 이곳에서 5만 원이면 이틀 치 생활비다.

충동구매는 이렇게 기습적으로 이루어진다. 사실 일상에서도

이렇듯 쉽게 충동구매를 일삼았다. 특히 심신이 미약하거나 보상이 절실한 어느 때에. 주로 심야 시간대 술집에서 만취하는 이유가 그렇다.

판단력이 흐려지면 일반적인 것들도 나에게 아주 필요한 것이 되어버린다. 이걸 못 가졌던 것이 나중에 후회될까 봐 마음이 조급해진다. 물론 그렇게 구매된 것 중 실제로 꼭 필요해지는 경우는 잘 없다. 사실 고백하자면, 이 순례길도 똑같이 심신이 미약한 상태에서 충동적으로 구매되었다. 심지어는 목적지까지 얼마 남지 않은 이 시점에, 내가 '꼭 떠나올 필요까진 없지 않았을까.'라고 생각하고 있다는 것도.

짤랑짤랑, 어깨 너머로 가방에 매달린 기념품들이 부딪치는 소리가 거슬린다. 기분 탓이겠지만 어깨도 뭔가 확 무거워진 느낌이 든다. 이미 기념품 가게에서 너무 멀리 와버렸고 환불을 할 수 없다는 생각이 들자, 기념품들이 짐짝처럼 느껴진다.

이럴 줄 알았지. 충동 구매자의 가장 큰 패착은 과소비가 아니라 빠른 싫증에 있다. 흥미가 갑자기 생긴 만큼 싫증도 빠르게 나는 것이다. 갖게 되면 이내 싫어지는 일은 정말 끔찍한 저주다. 어릴 적 그렇게 갖고 싶던 플레이스테이션도, 〈슈퍼스타K〉를 보고 버스커가 되겠다며 샀던 12인치 젬베도, 기억도 안 나는 어느 베란다 구석에 처박히고 말았다. 붙여만 주면 사장님 발가락도 핥겠다던 대기업에 입사하고서도 지난 3년을 돌아보면 내내 불평만 해댔으니까. 그러나 가장 큰 비극은 '사람'에게도 이 저주가 적용된다는 거다.

> "나 같은 사람을 회원으로 받아주는 클럽에는 가입할 생각이 없다."
>
> - 그루초 마르크스

알랭 드 보통의 『왜 나는 너를 사랑하는가』에는 희극인 마르크스의 말을 인용한 구절이 나온다. 주인공 클로이가 한 여자를 사랑하게 되고, 그녀가 자신을 사랑해주기를 간절히 바라지만, 실제로 그녀가 자신에게 사랑에 빠지자 이내 그녀가 싫어져 버린다는 이야기. 이것을 마르크스의 이름을 빌려 '마르크스주의'라고 한단다.

나는 지독한 마르크스주의로, 대부분의 연애에서 '나쁜 놈'을 자처했었다. 애정의 깊이는 각각 달랐지만, 그녀의 마음이 나에게 기울었다 느낄 쯤이면 나는 헤어질 이유를 수집하기 시작했고, 어김없이 끝 무렵 그녀들에게 가장 많이 들었던 말은 하나같이 '왜 이렇게 변했어?'였다. 그러면 나도 내가 변한 이유를 몰라서 대답은 못하고 미안하다고 했다.

책에선 그것이 전부 '자기혐오'와 '자기 사랑'의 불균형에서 온다고 설명했지만, 이제와 생각해보면 그저 내 안에 '충동'과 '싫증'에 대한 컨트롤의 실패에 좀 더 가깝지 않나 싶다. 이 생각을 하는 내가 미우니, 자기혐오가 맞는지도 모르겠다.

이렇게 제멋대로 성격이 되어버린 것은 집에서 오냐오냐 키운 탓은 아니다. 오히려 우리 집은 내가 어릴 때부터 '신중'을 엄격히 강조했다. 엄마는 내가 무언가 사려고 할 때마다 베란다를 가리켰다. 거기엔 몇 번 갖고 놀다 흥미를 잃어버린 것들이 잔뜩 쌓여 있었기 때문에 나는 매번 슬픈 납득을 해야 했다. '충동구매'는 독립하자마자 그런 집안 분위기에 대한 반작용으로 시작된 인격에 가까웠다.

그러나 이번은 달랐다. "다음 달에 순례길을 가야겠어요." 엄마에게 전화를 걸어 어김없이 충동적으로 말했던 그날, 엄마는 말했다. "뭐 하러 다음 달에 가, 지금 바로 가지." 엥? 그렇게 3일 후 곧바로 시작된 순례길이었다. 문득 궁금해졌다. 엄마는 왜 그때 예전처럼 나를 말리지 않았을까? 그래서 보이스톡을 걸어 다짜고짜 물었다. 왜 말리지 않았느냐고.

"네가 말린다고 안 갈 애냐."
간단명료한 답이었다. 하긴 그때의 통화는 허락을 구하기보다는 통보에 가까웠으니. 그래도 엄마가 그렇게 곧바로 떠나라고 부추길 줄은 몰랐다고 말했다. 오늘 느낀 회의감 때문일까, 말투는 투정에 가까웠다. 그때 엄마가 내게 해준 말은 내 고민의 본질을 관통하는 것이었다.

"안 그래도 네 동생이 그러더라. 언젠가부터 오빠가 뭐 한다 그러면 엄마는 안 말린다고.
난 이제 너 안 말리지. 만약 네가 이혼녀를 데리고 와서 결혼하겠다고 해도 그러라고 할 거야.
살아보니까 그렇더라. 결정을 신중하게 하는 것보다 중요한 건, 결정에 후회하지 않는 거야. 그러려면 끝까지 가봐야 아는 거고."

    나는 언젠가부터 고장 난 나의 '충동'에 모든 책임을 전가하고 있었다. 사실은 늘 끝까지 가지 못한 것이 문제였는데, 괜히 섣불리 시작했다고 후회를 해댔다. 내가 충동적으로 시작한 것들의 대부분은 중도 포기했기 때문에 실패로 남은 것뿐이다. 엄마는 내가 끝까지 해낸 몇 가지 것을 믿어주었고, 그래서 더 이상 만류 대신 응원을 하기로 돌아섰던 거다.

    '중요한 것은 나의 결정에 후회하지 않는 것', 나는 단호한 그 말이 '괜찮다', '잘하고 있다' 같은 말보다 더 든든한 위로로 다가왔다. 이 길고 긴 길에서 특별한 이색 경험들보다 중요한 것은 나를 믿는 방법이었다.

    까미노에서 프랑스길 순례자를 대단하다고 말하는 이유는, 그들이 출발한 곳이 프랑스라는 나라라서가 아니라 프랑스부터 여기까지 걸어왔기 때문이다. 이제 100km 정도 남은 시점에서, 프랑스부터 한 달을 넘게 걸어온 내가 기필코 찾아야 하는 것. 그것은 길 어딘가에 꽁꽁 숨겨진 진리가 아니라, 주체적인 인생을 찾아 내 힘으로 끝까지 걸어 냈다는 믿음, 강한 자기 신뢰다. 자기 혐오와 후회의 프레임에서 벗어나 나의 결정을 사랑하는 것. 그것이 내 안의 고질적인 마르크스주의를 깰 유일한 방법이다.

　이 글쓰기도 끝을 봐야 한다. 내 순례길은 산티아고에 도착한 것으로 끝나지 않고, 이 이야기가 책으로 출간되어야 비로소 끝이 날 것이다.

　나의 순례길은 도피였을지 도전이었을지, 과연 나의 글쓰기는 한때의 취미였을지 운명이었을지는, 끝까지 가 봐야 알 일이다.

　그러니 끝까지 가야만 할 일이다.

637 / 779km
142 / 213개 마을

30

인싸의 삶

〈관심종자〉에 대하여

'인스타 각이다!'

안개구름이 잔뜩 낀 숲속을 걷고 있을 때였다. 구름 사이를 지나가는 순례자들의 모습, 정말 환상적인 풍경이다. 나는 곧장 인스타그램에 올리고 싶은 욕망을 느꼈다. 그것은 '내가 사랑하는 사람들에게 이 순간을 공유하고 싶어.' 같은 것은 아니었다. 그렇다고 이 순간을 오래 기억해 둘 방법으로 인스타를 떠올렸던 것도 아니다. 나는 이미 이렇게 글과 그림으로 하루 종일 기록하고 있으니.

나의 마케터라는 직업이 변명이 될 수 있을까? 사람들의 관심을 받는 것은 짜릿하고 새롭다. 나는 지금 신비한 공간에 있다는 것을 실시간으로 자랑해내어, 같은 시간에 책상머리에서 몰래 인스타를 열었을 불쌍한 직장인들에게 어떤 충격을 주고 싶었던 것이다.

강렬한 감정, '부러움!' 그러나 짓궂음에서 비롯된 것은 아니고, 그저 그들의 반응이 기대될 뿐이다. 장기하는 말했다. 부러워하니까 자랑을 하고, 자랑을 하니까 부러워지고, 부러워지고, 부러워지는 거라고. 순례길을 출발하며 삭제한 '척'했던 인스타그램에 접속해서 냉큼 스토리를 올렸다.

'구름 한가운데 서 있어요.'

멘트도 한 개 턱 하니 써 놓고 폰을 집어넣었다. 자, 이제 좀 이 따 알베르게에 도착할 즈음이면 DM이 잔뜩 와 있겠지. 벌써부터 속이 든든했다.

사실 나는 많은 사람들에게 관심을 받는 것이 익숙하다. 몇 해 전부터 갑자기 '인싸'라는 신조어가 빈번하게 쓰인다. '아웃사이 더', 대학 생활에서 무리에 어울리지 못하고 바깥에 겉도는 학생 을 줄여서 '아싸'라고 부르던 것에서 유래되었으니, 반대 개념인 '인사이더'에서 유래된 '인싸'는 옛말로 치면 '인기쟁이'쯤 되겠다.

나는 인싸다. 부정할 수 없다. 여기 이렇게 들러붙은 내 허리춤 의 지방 튜브는 하루가 멀다 하고 나를 술자리에 불러낸 그대들 의 유산이고, 내 가방을 가득 채운 달그락거리는 예쁜 쓰레기들은 자기를 잊지 말라며 부탁한 그대들의 몫이니. 이러니 내가 마음 놓고 속세를 떠날 수가 있나. 휴, 재수 없겠지만 인싸의 삶이란 이토록 고단하다.

"보!" 안개 너머 내리막에서 흡사 개 짖는 소리만큼 우렁찬 나를 부르는 소리가 들린다. 이 남자는 스페인 인싸, 호세다. 며칠 전 폰세바돈의 뒤뜰에 누워 밤하늘의 별을 함께 봤던 사이다. 길에서 몇 번이나 마주쳤는데, 항상 무리 사이에 있었다. 그러나 항상 새로운 조합으로. 그야말로 인싸가 분명했다. 쾌남 호세는 호쾌한 주먹 인사를 건넨 뒤 어깨동무를 한다.

"왜 혼자 걷고 있어 까미고~."

'까미고'는 호세가 만들어낸 말이다. '까미노'와 '친구'를 뜻하는 스페인어 '아미고Amigo'를 합쳤다. 친구를 한 명씩 사귈 때마다 유행어처럼 그 말을 퍼뜨렸다. 나는 그 말이 왠지 '까미노 기간 한정 친구'처럼 냉소적으로 들렸지만.

"호세, 나는 혼자가 되는 연습을 하고 있어."

너도 사람들의 지독한 관심을 받는 인싸로서 이 말이 무슨 말인지 알겠지.

오우, 호세는 전혀 모르는 눈치다. 요 앞 바에서 잠깐 새로운 친구들과 와인 한잔하잔다. "No vino, No camino!"(와인 없이는 까미노도 없어) 자꾸 유행어 만드는데, 묘하게 그럴싸한 게 더 열 받는다. 아니 나는 이제 친구 필요 없다니깐…. 그의 성화에 못 이겨 와인바에 끌려간다.

오늘의 라인업은 이탈리안 여자애들 둘, 터키인 중년 하나다. 호세처럼 레온에서 출발해 오늘로 약 열흘 정도 지났다는 그들은 벌써부터 까미노가 끝나가는 것을 아쉬워하고 있었다. 와인을 홀 짝거리면서 서로 이야기를 나누다, '까미노에서 뭘 얻었어?'라는 고전적인 질문이 나왔다. 나는 어김없이 '글쎄, 걷다 보면 알겠 지.'라는 말을 꺼내려다가, 순간 멈칫했다.

아, 나 이제 며칠 뒤에 도착하는구나. 걷다 보면 알게 된다며 미뤄온 것이 벌써 40일째였다. 이들처럼 열흘을 걸었을 적엔 그 대답이 꽤나 함축적으로 보였겠지만, 이미 그 네 배나 걸어온 내 가 내놓기엔 너무나 비루한 대답이었다. 뭘 대답으로 꺼내 놓아 야 할지 막막해서 입맛을 다시고 있으니, 한 여자애가 먼저 불쑥 말을 꺼낸다.

"나에게 까미노란 친구야! 이 길을 걸으면서 만난 사람들과, 그 추억이 너무 소중해!"

청소년만큼 발랄한 음성이다. 눈물도 약간 맺힌 듯하다. 원래도 빨간 그녀의 볼이 한꺼번에 들이킨 와인 때문에 더 붉어진다. 그러더니 느닷없이 저들끼리 어깨동무를 하고 노래를 부른다. 제프 버클리의 '할렐루야'다. 아 참, 만약 당신이 이 길을 걸을 결심을 하게 된다면, 팝송 한 가지, 그것도 제프 버클리의 〈할렐루야〉를 연습해서 가라. 어느 나라든, 어떤 연령대든, 어떤 종교든, 이노래로 하나가 될 수 있다. 나는 앞 부분은 모르고 뒷부분 후렴을 따라 불렀다. "할렐루야, 할렐루야, 할렐루야, 할렐루…야."

기분이 한껏 좋아진 그들은, 오늘 밤 '사리아Sarria'에서 상그리아 파티를 열 거라며 함께하자고 했다. 꼭 대학교 신입생 시절 동기 모임을 보는 것 같았다. '내가 지금 그럴 때냐….' 내 자신을 스스로 타박했다. 나도 아무 걱정 없이, 고민 없이 이 길을 떠나왔다면 이들처럼 새로 사귀는 친구들과 우정에 대해 마음껏 집중할 수 있었을까? "쏘리 호세, 나 오늘 글을 좀 더 써야 해서…."

와인 한 잔을 후딱 비우고 먼저 자리에서 일어났다.

오후 2시, 오랜만에 꽤 이른 시간에 거점 마을에 도착했다. 알베르게에서 샤워를 하고 '메뉴 델 디아Menu del dia, 순례자 메뉴'를 주문했다. 자— 어디 DM이 몇 개나 왔나 볼까? 고기를 썰기도 전에 인스타그램부터 켰다. DM은 단 2통뿐이다. 하나는 불알친구 D, 다른 하나는 엄마.

어, 이럴 리가 없는데? 머릿속으로 줄 세워 둔 '마땅히 DM 보낼 만한 사람 리스트'를 떠올렸다. 나는 금세 시무룩해졌다. 힘없이 고기를 썰었다. 반응 없는 자랑만큼 쓸모없는 것도 없다. 어릴 적에도 '어쩔(어쩌라고)'이나 '안물안궁(안 물어봤고 안 궁금하다.)' 같은 무관심한 말에 쉽게 상처를 받았던 나다. 좀 예쁘다고 해주지. 그거 반응해주는 게 뭐가 그리 어렵다고. 더 마음에 안 드는 건 겨우 이런 사소한 것에도 마음이 상하는 내 자신이었다.

SNS가 인생의 낭비라고 하지만, 내 존재감을 확인할 수 있는 척도로 그만한 게 또 있을까. '좋아요', '팔로우', 'DM'. 그 숫자가 늘어나고 줄어드는 간극으로 나의 '인싸력'이 측정된다. 그 숫자의 추이에 따라 인싸가 되는 감을 익힐 수도 있다. SNS에 대해 깊이 공부하다 보면, 나를 사람들이 좋아하도록 잘 꾸며내서 얼마든지 주변에 사람을 많이 만들고 인싸가 될 수 있다.

그러나 외로움은 별개의 문제다. 사람은 오히려 많은 사람들 사이에서 더 외롭다고 느낄 수 있다. 그토록 관심을 좋아하는 내가, 연락을 다 끊어버리고 떠나온 것은 역설적이게도 지독한 외로움 때문이었다. 내가 스스로 올려놓은 타인의 기대치와 이상적인 내 모습이 너무 부담스러워서, 이런 사소한 것에도 상처를 받는 찌질한 내 모습은 어디에도, 누구에게도 드러낼 데가 없어서.

애석하게도 내 인생이 사무치게 외롭고 괴로울 때, 인싸로 살아온 삶은 아무런 도움이 되지 못했다. 나를 돌보는 일보다 남에게 보이는 일이 더 중요해진다는 건, 이토록 사람을 가난하게 만드는 것이다. 필연적으로 내가 이렇게 외로운 것은, 결국 내가 관심과 맞바꿔 선택한 인생이다.

걷다 보면 알게 되는 것이 적어도 '타인의 관심 없이도 잘 사는 방법'은 아니었나 보다. 내가 아무리 마음이 힘들어서 외롭고 가난해진다 해도 관심의 지갑을 활짝 열고만 싶다. 나는 관심이 너무 좋은 걸. 당장 이 글 또한 누군가의 공감을 사고 싶어서, 내 여행에 대한 관심을 받고 싶어서 쓰는 글이다.

내 몫의 외로움을 보란 듯이 이겨내서, 화려한 모습으로 복귀에 성공한 뒤 사람들의 관심을 잔뜩 받고 싶다. 하루 일과에 DM 확인하는 시간을 따로 빼 두어야 할 정도로 잔뜩! 대형 서점의 제일 잘 보이는 코너에 이 책이 놓이면 얼마나 좋을까. 뭐 그런 망상을 끝도 없이 한다. 그러니까 관심 좀 주세요. 지금 이 글을 읽는 이름 모르는 당신이라도.

호세를 따라 건너간 샹그리아 파티에는 오늘 이 마을 제일가는 인싸들이 다 모였다. 4명이던 인원은 12명이 되었다. 질 수 없다. 잘 봐라 나는 '사우스 코리아에서 온 인싸 드로잉맨, 보'다.

"보–! 보–! 보–!" 그림을 그려주겠다고 하니 입을 모아 내 이름을 연호한다. '더 크게 불러줘 Say my name, Say my name!' 무대에 오른 '사이먼 도미닉'처럼 기분에 취한다.

아, 살아 있는 느낌! 없어 보인다 해도 어쩔 수 없다. 이것이 인싸의 지독한 숙명이다. 결국 오늘 밤, 잠 못 자고 11명을 그려내야 한다는 것도. 호세는 인싸답게 사람 좋은 웃음을 씩 지어 보인다.

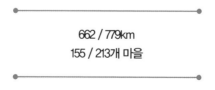

662 / 779km
155 / 213개 마을

31

다 내 까미노에서 나가

〈심술〉에 대하여

비행기 티켓을 끊었다. 일주일 뒤 포르토에서 출발하는 한국행 비행기다. 떠나올 때 출국 티켓만 툭 끊어서 날아온 바람에 귀국 티켓 값이 두 배로 뛰었다. 어쩔 수 없다. 충동적으로 떠나온 탓은 둘째 치고, 날짜에 얽매이고 싶지 않아서 일부러 편도로 끊었던 거니까. 돌아가는 날짜가 정해지니 이 여행 끝자락에 있다는 것이 실감이 났다.

또 하나 실감이 나는 이유는 이 미친 인파일 거다. 지난번처럼 관광객이 조금 늘어난 수준이 아니라, 과장 조금 보태서 우리나라 봄철 등산길 인파만큼이나 사람이 많다. 대형 교회에서 캠프다 뭐다 해서 온 학생 단체, 트레킹하려고 도시락을 바리바리 싸들고 나온 중년 무리, 자전거를 타고 시합하듯 쌩하고 지나가는 젊은 남자애들….

원래 이 길 위에선 눈이 마주치면 '부엔 까미노' 하고 인사를 나누는 것이 암묵적인 룰이었다. 그러나 이 인파에 일일이 인사 응대를 했다간, 하루 종일 '부엔 까미노'만 왱알대는 앵무새가 될 것이 틀림없었다. 다른 이들도 그것은 싫었는지, 눈이 마주치는 사람들은 서둘러 시선을 피해댔다.

지금 나의 가장 큰 근심은 바로 내 앞에 이 '노랑 가방 군단'이

다. 이 역시 어떤 교회 단체에서 온 것으로 추측된다. 앳된 얼굴이 한 중고등학생쯤 되어 보이는데, 알다시피 그 나이 땐 낙엽 떨어지는 것만 봐도 꺄르륵 하지 않는가.

문제는 이들의 엄청난 규모다. 한 30분째 '꺄르륵'의 행렬이 끝이 안 난다. 한 200명 정도는 앞지른 것 같은데, 어디쯤에서 자가 증식 중인 건지 계속 나온다. 노랑 가방을 무찌르기 위해 경보 수준으로 걸었다. 숨이 찼다. 페이스는 처음으로 1km에 8분 대가 나왔다.

고요한 나의 까미노는 어디로 사라졌는가. 이 대자연과 홀로 세상에 남겨진 듯 사색에 잠겼었는데. 그렇게 지겹던 고요한 메세타도 그리워질 정도다. 입을 모아 쩌렁쩌렁 불러대는 팝송이 에어팟을 뚫고 귀에 들어온다. 아악! 놀러 왔어, 너네? 짜증이 확 솟구친다. 그간 노래를 부르며 걷다가 내 노랫소리에 깜짝깜짝 놀라던 순례자들이 생각 나 미안한 마음이 들었다.

'너희 겨우 사리아 정도에서 출발해 놓고 떠들지 말란 말이야.' 까미노 꼰대 병도 재발한다. 티셔츠의 팔과 바지의 다리 소매를 걷었다. 피레네와 메세타의 고통을 똑똑히 보여주지. 그들 앞을 훌쩍 앞질러 팔과 다리에 잔뜩 힘을 주고 걸었다. 이제 저들은 완전히 까맣게 그을린 내 팔다리를 보고 수군대겠지? '어머 저게

바로 찐(眞) 순례자인가 봐!' '저기 순례자도 있는데 우리 숙연해 지자….'

그러나 나의 기대와는 다르게 그들은 반성의 기미는 커녕 관심 도 없는 것 같아 보였다. 노랫소리가 점점 더 커지고 있었기에…. 나는 도라에몽의 '퉁퉁이'처럼 씩씩거리며 쿵쾅쿵쾅 걸어갈 뿐이 었다.

특단의 대책이다. 표시석의 노란 화살표가 가리키는 길을 벗 어나기로 했다. 자동차 도로로 나온 것이다. 이 지역은 여전히 순 례길 외에는 특별할 것 없는 시골 마을이었기에 지나다니는 차가 별로 없었다. 쭉 뻗은 도로에는 다시 바람에 나부끼는 나뭇잎 소 리만 들리기 시작했다. �솨아아– 하는 파도 소리를 닮은 시원한 소리. 오늘은 구름도 적당히 많아 원래는 이토록 쾌적한 날이었 다.

거 봐, 훼방꾼 너네만 아니었으면 이렇게 평화롭고 완벽한 날 인 걸. 지팡이를 툭툭 짚으며 다시 되찾은 나의 조용한 길을 천천 히 걸었다.

사실은 여전히 기분이 울적하다. 알고 있었다. 내가 심통이 난 이유는 그들 때문이 아니라는 걸. 내 까미노가 끝나가는 이 분위기가 서운한 거다.

　마흔 날이 넘도록 매일 걷고, 먹고, 자고 함께해온 이 길에 정이 들었다. 노란 화살표는 언제나 내가 지금 잘 가고 있다고 묵묵히 응원했고, 끝나지 않을 것처럼 지평선이 길게 이어지다가 숙― 하고 고개를 내미는 마을 팻말들도 늘 반가웠다.

　나름대로 규칙을 세우고 몸도 제 속도를 찾아 나만의 까미노를 꾸려왔다. 이대로라면 이제 메세타도 징징대지 않고 또 건널 수 있을 것만 같은데, 익숙해지려니 이별이다. 며칠 뒤면 못 보게 될 풍경이라는 사실이 서글프다. 결코 짧은 시간은 아니었으나 벌써 끝나는 것이 아쉽다.

　무엇보다 나는 아직 변한 게 없다. 수염이 덥수룩해지고 살이 빠지긴 했지만, 내 안의 것들은 떠나올 그때와 크게 다를 게 없다. 『드래곤볼』에 나오는 1년이 하루가 되는 특훈의 공간 '정신과 시간의 방'처럼, 이 길이 끝날쯤엔 몰라보게 성장한 내 모습이 되어 한국으로 만족스레 금의환향할 줄 알았다.

　그러나 지금처럼, 여전히 내 아량은 아이들의 노랫소리에도 몽니를 부릴 만큼 옹졸하고, 내 멘탈은 여행이 얼마 남지 않았다는 이유로 쉽게 침울해질 만큼 연약하다. 아직 속죄하고 성찰할 것들이 많이 남았는데, 아직 돌아갈 만큼 충분히 성숙하지 못했는데….

　얼마 전 에티오피아에서 만났던 J에게 카톡이 왔다. 발이 빠른 그와는 길 위에서 단 한 번도 만날 수 없었지만 걷는 내내 소감이나 위치를 공유해오며 친근하게 지내왔다.

　"형, 저는 산티아고 도착했어요. 그런데 홀가분할 줄 알았는데 이상하게 되게 아쉽네요…."

　내리막을 내려가느라 모진 고생 중이던 나는 약간 비아냥댔다.

　"아쉬우면 저랑 바꿀까요. 저는 J가 부러운데요? 걷는 거 지겨워서 이제 산티아고 좀 보고 싶네요."

　"ㅋㅋㅋ 저는 피레네든, 메세타든 할 수 있다면 바꾸고 싶어요. 이제 도착했는데 벌써 까미노가 그립네요. 형님은 저처럼 서둘러 오지 마시고 천천히 아껴서 걸으세요."

　결승선을 넘은 선수가 왜 다시 레이스를 그리워하냐고, 나는 J가 참 별나다고 생각했다. 그러나 한 발 한 발 뗄 때마다 울적한 기분과 함께 그의 말이 떠올랐다. 아껴서 걸으란 말.

　언젠가 나는 이 길을 엄청나게 그리워하게 될 거다. 꼭 그런 기분이 든다. 남은 며칠 동안 나는 어떤 감정을, 어떤 생각을 이 길과 함께 남기면 좋을까? 100km도 채 남지 않은 이 길을 천천히 꼭꼭 씹어서 음미하겠다. 구름 조각을, 마른 공기를, 잎사귀 하나 하나를.

693 / 779km
177 / 213개 마을

32

담백하게 의미 부여하는 법

〈느끼함〉에 대하여

아침부터 아주 꾸덕한 까르보나라를 먹고 싶었다. 최근 며칠 간 먹었던 음식들이 죄다 빨갛기도 했고, 오랜만에 담백한 맛이 그리웠다. '팔라스 데 레이Palas de Rei'라는 거점 마을에서 잠깐 점심 을 먹고 가기로 한다.

까미노에는 생각보다 이탈리안 레스토랑이 많다. 구글 지도나 평점에 크게 연연하지 않는 스타일이라 눈에 띈 아무 식당이나 들어갔다. 커다란 입간판에 하얗고 돌돌 말린 그것이 그려져 있 었기에 의심하지 않았다.

그러나 웬걸, 이 식당은 이탈리안 음식을 전혀 이해하지 못한 듯하다. 까르보나라에서 눅눅한 기름 맛이 났다. 내가 기대했던 진한 우유향이나 치즈맛 같은 건 아주 희미하게 향만 남았다. 면 을 들어 올리면 기름이 뚝뚝 떨어지는 까르보나라. 제로 콜라로 중화하려고 해봤지만 느끼해서 도저히 더 먹을 수가 없었다. 반 절을 남기고 짤랑 포크를 떨군 채 옆 옆 가게로 피신 왔다. 생맥 주를 한 잔 시켜 황급히 입가심을 했다.

맥주를 마시면서 지난번에 H가 했던 말이 떠올랐다. 내 글이 좀 어떤지 피드백을 받고 싶어서 이 길에서 쓴 글 몇 개를 보여줬 더니 머뭇거리며, 그는 에세이류 책을 잘 읽지 않는다고 했다. 그 이유가 한마디로 '느끼해서'였다.

"요즘 에세이들 너무 느끼하지 않아? 뭐랄까, 의미 부여가 너무 부담스럽다 해야 하나. '우리는—' 하면서 꼭 생각을 강요받는 느낌 있잖아."

나도 '우리는—'을 자주 애용하던 글쓴이로서 그의 말은 뜨끔, 아니 따끔했다. 내 딴에는 독자의 이해를 돕겠다고 윤활제를 넣었다 생각했는데, 누군가는 H처럼 소화 불량을 호소하고 있었을지도 모르겠다.

어찌 됐건 나는 '요즘 에세이'의 한통속으로서 그에게 그 의도를 열심히 변호할 수밖에 없었다. 부담스럽더라도, '우리는' 하고 말을 걸지 않으면 그건 혼자 보는 일기나 다름없지 않겠냐고, 그래도 그 덕에 사람들이 건조한 일상에서 그나마 삶의 의미를 생

각할 수 있지 않느냐고. H는 천천히 고개를 끄덕였다. 대신 그와 약속했다. 나는 쉽게 확정 짓고 강요하는 그런 글은 쓰지 않겠노라고.

의미 부여 없는 에세이는 일기에 지나지 않듯이, 의미 부여가 없다면 까미노는 아무것도 아니다. 탈것이 발명된 지 200년이 지났고, 구글 로드뷰로 집에서도 랜선 여행을 하는 세상이다. 군이 한 달 넘게 발의 물집을 견디며 걷는 이 미련한 여정은 의미 부여 없이는 차력쇼로밖에 설명되지 않는다. 가뜩이나 볼 것 드문 시골길이니.

물론 이 클래식한 길에도 현대의 장치들은 종종 있었다. 다음 마을로 짐을 보내주는 탁송 서비스 '동키'나, 응급상황을 위한 택시 같은 이동 수단. 그러나 나는 걷는 내내 내 몫의 짐을 붙잡고 오직 내 두 발로 차력쇼를 감내하기로 고집했다. 이 길이 매분 매초 나에게 주는 메시지에 온전히 집중해야 했다.

강박에 가까울 만큼 의미 부여에 집착했던 이유는, 솔직하게 말하자면 이 '매일 걷는 일'의 허무함을 견디기 위해서도 있었을 것이다. 매일 의미 부여하고 필사적으로 글을 붙잡고 있지 않으면, 가장 치명적인 시간에 훌쩍 이곳으로 도망친 나를 견디지 못할 것 같았다.

사실 의미 부여는 사람마다 얼마든지 하기 나름이다. 어떤 순례자는 매일 동키로 짐을 보내고 걸으면서도 더 위대한 것들을 깨닫는다. 중요한 것은 H의 말처럼, 그것이 얼마나 담백한가의 문제다. 과유불급은 타인뿐 아니라 나 스스로에게도 아주 중요하다. 훗날 이때의 깨달음을 펼쳐보았을 때 창피해서 이불을 발로 차올린다면, 그것은 아마 내가 소화하지 못하고 어딘가 뱉어버렸기 때문일 거다.

가령 이 길에서 깨달은 것이, 도네이션 알베르게에서 만난 빈센트처럼 '타인에게 모든 것을 공짜로 베풀며 사는 값진 삶'이라고 해보자. 까미노가 끝난 후 얼마간은 그럴 수 있을지도 모르겠다. 그러나 얼마 지나지 않아 현실과 충돌하여, 빠른 속도로 우선순위에서 멀어지며 결국엔 그런 다짐을 했던 내가 우스워지고 말 거다. 나는 그럴 만큼 선한 사람도 아니었다는 자조와 함께.

담백한 의미 부여의 마지노선은 '내 삶에 적용이 가능한가'에 달려 있다. 에세이를 싫어하는 사람, 까미노를 쓸데없다고 말하는 사람도 자신의 인생에 적용하고 싶어지는 의미. 나 역시 까미노를 떠나온 이유는 현실로 돌아가서도 내 삶에 적용할 깨달음이 필요했기 때문이었다.

걷는 동안 깨달은 것은, 그건 간단히 찾을 수 있는 게 아니라는 것. 아주 집중해서 예민하게 찾지 않으면 쉽게 느끼해지고 만다. 과하지도 않고 모자라지도 않는 그 중간 점, 담백함을 찾아서 몇 날 며칠을 걸어가는 중이다. 나는 지금 내가 살아온 인생 중 가장 진지하게, 온 진심을 다해 삶의 의미를 찾고 있다.

나에게 까미노는 '손편지'다.

SNS와 카톡, 이메일 같이 빠르고 효율적인 의사소통 수단이 만연함에도 손편지는 멸종하지 않았다. 한 자 한 자 진심을 담거나 정성이 필요할 때 사람들은 여전히 편지지와 연필을 꺼내 든다. 누군가에게 손편지를 건네 받을 때면 그 구시대적 의사 전달 수단용 종이에 얼마나 많은 의미 부여를 했던가.

이건 오직 나에게 쓰는 손편지였다. 지팡이로 이 길 위에 한 걸음 한 걸음 진심을 담은, 마흔 밤을 구슬땀과 물집으로 쓴 '손'편지, 아니, '발'편지. 누군가 그걸 미련한 짓이라 말해도 그만둘 수 없었다.

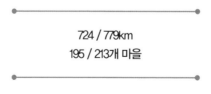

724 / 779km
195 / 213개 마을

33

할 수 있다면

〈완주〉에 대하여

'할 수 있거든'이 무슨 말이냐

믿는 자에게는 능히 하지 못할 일이 없느니라

마가복음 9:23

끝이 보인다. 눈을 뜨자마자 실감이 났다. 산티아고 데 콤포스텔라 대성당까지 남은 거리 55.2km. 어쩌면 이 마을의 가장 높은 데에 올라가면 진짜 저 멀리 성당이 보일 수도 있겠다. 평소 속도대로라면, 단 3일만 더 걸으면 나도 당당히 '산티아고 순례길 완주자'가 된다. 꿈에 그리던 그 타이틀을 갖게 되다니, 정말 기쁘다.

…기쁘긴 개뿔이. 느꼈겠지만 전혀 기쁘지 않다. 큰일이다. 최근 며칠간 권태가 심해지고 있다. 이것은 역설적이게도 완주에 가까워지며 더욱 심해지고 있었다. 이 길에서 무언가 변화해서 돌아가야 한다는 압박감, 그러나 길 위에는 별거 없었다는 허무감, 한 달 반 동안 쌓여온 글과 그림과 걸음에 대한 피로감이 한데 모여 부정적인 에너지가 가득 차고 말았다. 완전히 지쳐버렸다.

이런 생각을 아침부터 해선 안 되는 거였는데. 사람의 머리는 생각보다 몸을 지배하는 경향이 있다. 단 1시간도 못 가 지치고 말았다. 아빠가 억지로 끌고 나온 등산에 따라온 아이마냥 발을 질질 끌면서 걷고 있다. 겨우 5km 왔을 뿐인데 양 엄지발가락에 왕 물집이 잡혔다. 아, 오늘은 그만 걷고 싶다. 어차피 오늘 10km를 걸어도 내일과 모레 각각 20km씩 걸으면 똑같은 일정으로 도착한다.

'그럼 아등바등 갈 필요 없는 것 아닌가?' 그것은 사실 이 까미노를 관통하는 본질적인 질문이었기에, 한순간 모든 의욕은 셧다운 된다. "5km 구간 페이스, 14분 20초." 그 순간 애플워치는 내 한심한 기록을 읽어주었고 나는 정말로 그 자리에 우뚝 멈춰 섰다.

"아등바등 갈 필요 없는 것 아닌가?"

첫 순례자 '야고보 성인'부터, 이 길이 그렇게도 좋았다던 이름 모를 그대들과, 이 길 위에서 만난 이름 아는 그대들에게도 묻는다. 도대체 왜 우린 무얼 얻고자 이 길 위에서 아등바등하는 겁니까?

아니, 그대들에게 물을 것도 없다. 이 길을 꼭 가야만 한다고 설득했던 건 나 자신이었다. 나의 직감. 걷다 보면 뭔가 알게 될 거라고 출발 전부터 줄기차게 암시해온 나. 이곳에 숨겨진 보물 같은 변곡점이 있다고 큰 소리 떵떵 치던 내가 있었다. 까미노를 완주해내면 뭔가 달라질 거라고 굳게 믿었더랬다.

이제 피노키오는 변명을 생각할 시간이다. 사흘 뒤면 내 재판이 열린다. '그래서, 피고는 무엇이 달라졌습니까?' 걷다 보니 이런 걸 알게 되었어요. 대충 그런 말들을 꾸며낼 수는 있었지만, 피노키오의 코처럼 거대해진 자기 불신은 당최 숨길 수가 없다.

그렇소. 난 결국 이런 귀한 길을 걸어도 아무것도 변하지 못하는 패배자요.

할 수 있다면 새로운 사람이 되고 싶었다. 알고 보니 까미노는 내 인생의 지름길이었고, 걷다 보니 특별한 걸 깨달았고, 귀국할 땐 새로운 인생이 펼쳐지길 바랐다. 완전히 망가져 버린 나를 이

곳에 폐기 처분하고 다시 시작하러 여기에 왔다.

그러나 찌질한 이놈이 어디엔가 버려지지 못하고 기어코 이곳까지 질질 따라온 거다. 나는 그놈을 버리기 위해 달래도 보고, 욕도 해보고, 새로운 다짐도 해 보고 갖은 수를 다 썼다. 매일 글을 썼다. 그러나 소용없었다. 부정적인 마음은 매번 다시금 고개를 내밀었다. 그렇게 몇백 km를 걸어댔는데도 물집이 또 올라오듯이.

결국 물집이 난 발을 질질 끌고 10km쯤 걸어 거점 마을에 도착했다. '아르주아Arzúa'라는 마을이다. 답답한 마음에 맥주나 한 잔 들이키러 바에 들어갔다. 푸근한 인상의 남자가 주문을 받는다. 남자는 이 바를 운영하며 순례자들을 주제로 작품을 만드는 예술가였다.

'나처럼 이렇게 다 끝나가는 마당에 현타 오던 순례자는 없던가요?' 맥주를 건네 받으며 그렇게 묻고 싶은 충동을 겨우 참았다(사실 현타를 영어로 어떻게 말하는지 몰랐다). 대신 쎄요나 하나 찍어달라고 부탁했다. 흥이 많은 남자가 덩실덩실 춤까지 추며 크레덴시알에 쎄요를 내리찍는다. 이 집 쎄요 조금 특이하다. 거기엔 깨진 알이 그려져 있었다.

"이 그림에 무슨 특별한 의미가 있나요?"

내가 물었다. 둘러보니 그제야 가게 구석구석 깨진 알 모양의 그림과 조각들이 눈에 들어왔다.

"아미고, 이건 너이기도 하고 나이기도 해. 우리는 모두 깨진 알 안에 든 무언가야."

그는 처음 본 나를 '아미고(친구)'라 불렀다. 흥겨운 목소리로 다음 말을 이어갔다.

"우리는 조금 깨진 그곳으로 세상을 보는 중이지. 닭으로 태어날지, 용으로 태어날지 아무도 몰라."

"재미있네요. '킨더조이(랜덤 장난감이 든 초콜릿)' 같은 건가

요?"

그의 눈이 빛난다. 강한 어조로 힘주어 말한다.

"아니, 그러니까 매일 껍질을 걷어차야 한다는 거지. 티라노처럼 힘차게.

용이 될지 닭이 될지는 자기 스스로 정하는 거야."

종종 까미노의 영력에 놀라는 때가 있다. 이렇게 고민에 빠지면 곧 그 고민을 관통하는 현자를 만나게 될 때. 그의 말을 듣고 한참을 곱씹어 생각에 빠진 이유는, 나는 꼭 스스로 껍질 까기를 포기한 알처럼 느껴졌기 때문이다.

나는 겁이 많고 포기가 빠른 사람이다. 늘 끝을 보지 못하고, 아니 스스로 높은 기준 때문에 끝이 두려워 중도 하차하는 일이

많았다.

내가 까미노에 버리려던 건 내가 겨우 닭일까 봐, 아니 닭도 뭣도 아닐까 봐 창피해서 까는 걸 스스로 관둔 알이다. 힘이 부쳐서 더는 할 수 없다고 선언하고 자기 혐오로 단단해진 알. 그 깨

진 구멍마저 작아지는 바람에 세상이 좁게만, 어둡게만 보였다. 그런 곳에선 영영 용이 태어날 수 없는 법이다.

그의 깨진 알 덕에 가슴이 뜨거워졌다. 지금 무어라도 해야 할 것 같다는 고양감이 들었다. 내가 이 지구 반대편까지 온 이유는 겨우 몸과 마음을 세신하고 평화를 되찾는 안식이 필요해서가 아니었다. 이곳은 시험대, 나는 나를 테스트하러 이 시험대에 섰다. 나는 이 길을 해낼 수 있는가. 나의 최대치는 어디인가. 할 수 있다면 한계를 깨뜨리고 싶었다. 그러기 위해선 강한 믿음이 필요했다. 길도, 사람도 아닌 믿어야 할 것은 오직 나 자신이었다.

이 테스트는 앞으로 45km 정도면 끝난다. 오늘 내일 나눠서 움직이면 충분히 안정적으로 도착한다. 그러나 나의 한계를 시험하는 도전을 하고 싶다. 어차피 45km 뒤에는 더 이어질 길은 없다. 그다음 날의 컨디션을 고려해서 일정을 배분하는 것은 이제 의미 없다. 나는 과연 안정적으로 완주하고자 이 길을 떠나왔던 가? 여기까지 생각이 미치자 더 이상 앉아 있을 수가 없다. 알베르게를 찾는 것을 관뒀다.

내 발의 컨디션이나 저 높게 뜬 태양이나 사람들이 정해 놓은 루트 같은 건 상관없다. 오늘 탈진해도 좋다. 지금은 믿어 보기로 한다. 얼마든지 더 걸어 나갈 수 있는 내 자신을, 알 안에 잠들어 있는 나의 용을.

애플워치의 페이스 알람을 껐다. 물집을 죄는 신발과 양말을 벗었다. 맨발로 땅에 섰다. 무릎 꿇고 기도를 올렸다.

'하나님, 제가 제 자신을 믿게 해주세요. 제가 약해지지 않게 해주세요. 그래서, 할 수 있다면 오늘 산티아고 데 콤포스텔라 대성당을 볼 수 있게 해주세요.'

그렇게 일어선 내 몸은 그 어느 때보다 가벼웠다. 맨발의 낯선 이물감을 견디며 앞으로 나갔다. 놀랍게도 더 이상 발이 아프지 않았다. 정수리에 내리쬐는 태양도 뜨겁지 않다. 자신감이 든다. 정신과 육체의 일체감이 느껴지며 황홀한 기분이 든다. 거의 뛰는 듯 걸었다. 사람이 모두 떠난 오후 5시의 숲길에는 빛이 새어 들고 있었고, 나는 그 누구보다, 그 어느 때보다 자유로웠다.

아, 이제 알겠다. 이 길이 나에게 한결같이 말하고 있는 건 딱 하나였다.

"거 봐, 할 수 있잖아."

'걷기'란 직립하는 인간이 할 수 있는 가장 기본적인 단위의 도전이다. 그게 된다면 다음 것도, 그다음 것도 하나씩 이루어 갈 수 있다는 간단한 원리. 이 길은 먹고, 자고, 걷는 아주 기초의 행동만을 주관하며 단 한 가지를 가르치고 있었다.

'무언가 이루어 내는 자신을 믿는 힘.'

죽을 것같이 온몸에 알이 배기고 고생스러운 길을 마주쳐도, 내일이면 또다시 걸어 나갈 수 있다는 것.

위대한 것은 내가 묵묵히 쌓아 올린, 내가 할 수 있는 것들이 모여 만들어지는 것이다. 한 발짝의 걸음들이 모여 779km의 위대한 까미노를 해낼 수 있게 만드는 것처럼. 이 낯선 곳에 나를 던지고, 매일 나의 내면과 마주하고, 이런 길을 이겨낼 수 있음을 계속 상기시키는 이유는, 그 누가 무모한 일이라고 해도 나는 날 믿으며 할 수 있다고 스스로 말해주는 일이었다.

산티아고 데 콤포스텔라까지 30km 전,

강렬한 햇볕에 거리에는 한 사람도 없다.

통증은 충분히 견딜 만하다.

20km 전,

해는 떨어지고 어깨는 무겁다. 그러나 다리에 힘이 남았다.

10km 전,

시간은 밤 11시를 가리킨다. 가로등이 켜진다.

나는 아직도 걷고 있다.

살면서 한 번도 도달한 적 없는, 아니 도전한 적 없는 한계점. 세상의 기준을 훌쩍 넘어, 내가 무언가 만들어가고 있다. 내 몸은 고통을 인내하며 묵묵히 도전을 이어 나가고 있다. 초인적인 집중력으로 계속 앞으로 나아간다. 그 원동력은 아드레날린도, 영력도, 관성도, 컨디션도 아니다.

자신감이다.

까미노 출발 직전 나는 슬럼프에 빠져서 내가 끝까지 해낼 수 있는 건 아무것도 없다고 생각했다. 작은 해프닝이 연쇄적으로 터지다가 결국 도미노처럼 나의 모든 것을 넘어뜨렸던 그때, 어쩌면 내 이번 생은 완전히 망했다고 생각했다. 다시 일어날 자신이 없었다.

그러나 다시 일어날 힘은 늘 발바닥에서부터 나온다. 슬럼프에 넘어진 자신을 다시 일으킬 힘. 가장 원초적인 힘. 나는 이곳에서 발바닥으로 매일 땅을 밀어내며 조금씩 그 힘을 기르는 연습을 한 걸지도 모른다. 지난 43일 동안 찍은 발자국에 내가 가진 전부를 담았다. 이것은 거대한 용의 발길질이 분명하다. 그렇게 믿기로 할 뿐이다.

'쩌적' 그 순간 나는 분명히 알이 깨지는 소리를 들었다.

까미노의 최종 목적지까지 단 한 마을, 그 언덕 위.
온몸은 지금 마구 후들대고 있다. 떨림의 출처는 오늘 55km를 감내한 근육일까, 성취를 앞둔 희열일까.

이제 저기,
산티아고 데 콤포스텔라의 꼭대기가 보이기 시작했다.

779 / 779km
213 / 213개 마을

여하튼 걸어보기로 했다

34

걷다 보니 알게 된 것들

The day after, 피니스테레

나는 지금 세상의 끝에 서 있다.

　사실은 그냥 스페인의 서쪽 끝일 뿐이지만, 중세부터 이곳을 Finis(끝) – Terre(땅)을 이어 붙여 '피니스테레Finisterre'라고 불렀다. 2천 년 전 순교한 야고보 성인의 유해가 기적적으로 이곳 피니스테레 해안에 떠내려왔고, 그때 관에 다닥다닥 붙었던 이곳의 가리비가 지금의 산티아고 순례길을 상징하는 모양이 되었다고 한다. 그러한 의미를 상징하는 '0km 거리석'이 이곳의 가장 유명한 포토스팟이다.

그 유래를 쫓아 이곳에 온 것은 아니고, 음… 까미노의 여운이 길었다고 해 두자. 산티아고 데 콤포스텔라에서는 뭔가 아직 이 여행이 끝이 나지 않은 것 같은 느낌이 자꾸 들었다. 그래서 굳이 세상의 끝까지 떠밀려 왔다. 야고보처럼, 나도 가방에 가리비 한 개 붙이고서.

사흘 전, 정확히 자정, 나는 산티아고 데 콤포스텔라에 도착했다.

성당 앞에 발을 디딘 순간 7월은 8월이 되었고, 거짓말처럼 불꽃놀이가 시작됐다. 엥? 산티아고 축일 행사는 이미 일주일 전에 끝났을 텐데? 알아보니 3년 만에 재개된 행사라 7월 마지막 날에 한 번 더 대대적으로 축하 행사를 진행한 거였다. 완주를 축하하듯 마침맞게 터지는 불꽃놀이, 새로운 달, 환호하는 사람들. 나는 스테이지를 클리어한 슈퍼 마리오처럼 맞은편 기둥에 기대어 대성당을 한참 올려다봤다.

그런데 마음이 차분했다. 후련하거나 해냈다는 감정으로 환호가 터질 줄 알았는데… 여운인지 아쉬움인지 모를 감정을 새벽까지 음미하다가 근처 벤치에서 노숙을 했다.

다음 날엔 놀랍게도 반가운 얼굴들을 많이 마주쳤다.

광장에서 도네이션 까미노를 하던 벨기에인 '버르트'를 만났다. 그는 아내와 함께 이곳에서 한 주간 휴가를 즐긴다고 했다. 그가 이 길을 걸어 14,000유로(한화 약 2천만 원)를 기부한 이야기는 벨기에 언론에 커다랗게 보도되었다.

잉글랜드 커플을 만났다. 고향 친구들이 잔뜩 놀러왔다. 우다다 뛰어다니는 모습이 이제 조금 10대들 같아 보였다. 우리는 어떻게 이리 자주 마주칠 수가 있냐며 호들갑을 떨었다.

짧게 짧게 동행했던 한국인도 여럿 마주쳤다. 이곳에서 여러 날 파티를 하는 중이란다. 오픈카톡방이 꽤 활발한 모양이다. 하긴, 이 특별한 여정의 여운을 해소하려면 시간이 좀 필요하다. 정작 가장 보고 싶던 H는 일정이 엇갈려 만날 수 없었다.

벨기에 언론에 보도된 버르트의 도네이션 까미노

재회할 때마다 완주 소감을 물었다. 리포터처럼. 그런데 대답이 대부분 비슷했다.

"그냥 내일 아침에도 당연히 걸어야 할 것 같은 느낌?
몸이 까미노가 끝난 걸 모르는 것 같아요."

그들은 입을 모아 꼭 끝이 아니라 더 걸어야만 할 것 같다고 했다. 도착해서 후련하다는 순례자는 거의 없었다. 오히려 찜찜함에 가깝다. 몸의 관성, 매일 걷는 것에 익숙해진 다리가 계속해서 다음 길을 내놓으라며 근질대고 있다.

그 관성으로, 어떤 순례자는 다른 루트의 길을 이어서 도전하러 가고, 어떤 이는 세계 여행이라는 새로운 모험을 시작하고, 어떤 이는 영감이 떠올라서 당장 그걸 실현하기 위해 곧장 한국으로 돌아갔다.

아, 까미노의 진정한 효력이란 건, 이 길에서 그랬던 것처럼 계속해서 걸어 나가게 만드는 관성 작용인지도 모르겠다. 까미노 완주를 기념하는 반지에는 옛 라틴어로 '전진'이라는 뜻의 'Ultreia'가 새겨져 있었다.

"Ultreia!"
지금 내 마음이 차분한 이유,

까미노 도착점의 거리석이 0km로 끝나는 이유,

완주 기념 반지에 '전진'이 새겨진 이유.

그것은 모두, 이 '산티아고 데 콤포스텔라'가 도착점이 아니라 시작점이기 때문이다!

지난 779km는 예행연습이었으며, 몸과 마음에 앞으로 나아갈 근육을 붙이는 과정이었다. 나는 새로운 인생을 준비하며 세상의 끝에서 차분히 숨을 고르고 있다.

내 진짜 까미노는 이제 시작이다. 스스로 노란 화살표를 그려서, 다시금 신발을 고쳐 묶고, 어딘가에 있을 나의 콤포스텔라 Compostela, 별들의 들판를 찾아서.

많은 사람들이 순례길을 걷다 보면 뭔가 특별한 걸 깨닫게 될 거라 짐작한다. 나 역시 마찬가지였다. 그래서 의미를 찾으려고 매 순간 애를 썼다. 지금까지 여러분이 이 책에서 지켜보았듯이 말이다. 그러나 그럴수록 유의미한 것들과는 멀어져 갔고 강박에 **빠졌다.**

　사실 이 길을 걷다 보면 알게 되는 것들이란 기대와 달리 아주 평범하고 심플한 것들이다. 나는 어떤 사람인가, 나는 무엇을 좋아하는가, 나의 고민의 우선순위는 무엇이었는가, 나에게 진정 소중한 사람은 누구였는가. 이런 일상적인 것. 그러니까, 굳이 까미노가 아니라 집 앞을 걸어도 알 수 있는 것들이다.

　다만 한 달이라는 긴 시간 동안 오직 나에게만 몰입할 수 있다는 것. 그것이 까미노의 특별함일 것이다. 나는 지난 43일간, 지금껏 내가 살아온 날들 중 가장 오랜 시간 나에 대해 고민할 수 있었다. 이 길을 걸으며 어떤 고민은 답의 근사치를 찾았고, 어떤 고민은 여전히 미결로 남아 있다. 어찌 됐든 그 고민들이 '내가 누구인가'에 대한 해답이 될 테고, 결국 나를 얼마나 잘 아는지가 자신감이나 자기애의 크기를 결정할 테다.

더는 미룰 수 없겠지. 이제 내 대답을 내놓을 시간이다.

걷다 보니 알게 된 것은 무엇이냐면, 그건 바로 '자신을 믿는 방법'이다.

이 길의 처음부터 끝까지 유일한 주체는 나였고, 그걸 해낼 연료는 오직 '나는 산티아고 데 콤포스텔라까지 갈 수 있다'는 굳은 믿음이었다. 잠깐 이 책의 첫 편을 되넘겨보면, 자기 불신으로 가득 찬 한 남자를 만날 수 있다. 언제 중도포기해도 이상할 것 없던 그 찌질한 남자는 가파른 피레네를 넘고, 다리의 통증을 이기고, 침묵의 외로움을 딛고, 메세타 고원의 땡볕을 견디고, 100장이 넘는 그림을 그려내고, 55km를 하루 만에 걸어내고, 결국 이 최종 목적지에 도달했다. 자기도 모르게 매일 자신감을 훈련하며 조금씩 자신을 믿는 방법을 찾아갔던 거다. 이 길은 그 한 가지 교훈을 때로는 위기의 모양으로, 때로는 감동의 모양으로, 때로는 사람의 모양으로 내내 전하고 있었다.

그러니 이 여행기에 구태여 영웅성이나 특별함을 부여하고 싶지는 않다. 그저 한 남자가 43일간 걸었을 뿐이고, 더럽게도 칭얼댔으며, 끝내 얻게 된 것은 '자신감'이었다는 것. 이것이 서른네 편 에피소드의 요약이자 깨달음의 전부이다. 이토록 시시한 결론에, 독자 여러분에게 심심한 사과와 감사의 말을 전한다.

For what is a man, what has he got.

If not himself then he has naught.

To say the things he truly feels,

And not the words of one who kneels.

the record shows i tooked the blows and did it my way.

Yes, it was my way!

사람이란 무엇인가. 무엇을 품었는가.

품은 것이 자기 자신이 아니라면 아무 의미 없다.

느끼는 것들을 솔직하게 말하고, 쉽게 무릎 꿇어선 안 되는 것.

이 발자취가 말해주듯, 나는 시련을 이겨냈다네, 내 방식대로 말이야.

그래, 이것이 바로 나의 길!

Frank Sinatra, 〈My way〉 중에서

잘 있어라, 또 올게.

다음엔 부디 아파서, 무너져서 고행하러 말고

건강해져서, 행복해져서

소중한 사람과 함께 산책하듯

그렇게 다시 올 수 있길.

참 좋은 여행이었다.

Buen Camino!

– 2022년 8월의 둘째 날에, 피니스테레에서

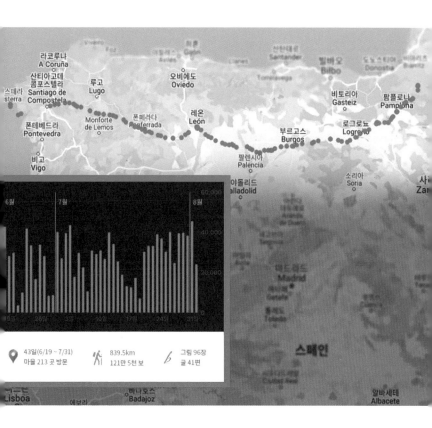

라코루냐
A Coruña

산티아고데
콤포스텔라
Santiago de
Compostela

스페라
sterra

루고
Lugo

오비에도
Oviedo

히혼
Gijón

아빌레스
Avilés

산탄데르
Santander

빌바오
Bilbo

도노스티아
Donostia

폰테베드라
Pontevedra

몬포르테
Monforte
de Lemos

폰페라다
Ponferrada

레온
León

비토리아
Gasteiz

팜플로나
Pamplona

비고
Vigo

부르고스
Burgos

로그로뇨
Logroño

팔렌시아
Palencia

소리아
Soria

사
Za

6월
7월
8월

60,000

40,000

20,000

19일
26일
3일
10일
17일
24일
31일

야돌리드
alladolid

마드리드
Madrid

헤타페
Getafe

톨레도
Toledo

스페인

📍 43일(6/19 ~ 7/31)
마을 213곳 방문

🚶 839.5km
121만 5천 보

✏ 그림 96장
글 41편

리스본
Lisboa

에보라

바다호스
Badajoz

시우다드레알
Ciudad Real

알바세테
Albacete

El Cabildo de la Santa Ap

Compostela sita en la región occide

de certificación de visita, hace saber

Bos

ha visitado la Basílica donde desde

del Beato Apóstol Santiago.

Con tal ocasión, el Cabildo lle

el saludo del Señor y piden -por in

espirituales de la peregrinación, as

Dada en Compostela, Meta del Can

Despues de realizar **779** Kms

donde comenzó el **17** de **junio**

octes quasi sub una sollempnitate continuato
i et apostoli decus ibi excoluntur. Valve eiusdem
ntur die noctuque, et nullatenus nox in ea fas est
quia candelarum et cereorum splendida luce ut
alixtino)

tropolitana Catedral de Santiago de
spañas, a todos los que vieren esta carta

Gim

moral los cristianos veneran el cuerpo

er de caridad, al tiempo que con gozo, le dan al peregrino
Apóstol– que el Padre se digne concederle las riquezas
nes materiales. Bendígalo Santiago y sea bendito.

go, el día 1 del mes *Agosto* del año *2022*

sain Jean Pied de Port
.2 por la ruta del *Camino Francés*

José Fernández Lago
s S.A.M.E. Cathedralis Compostellanae

여하튼 걸어보기로 했다

벌써 일 년이 지났지만

여름은 지긋지긋하다. 더위를 잘 못 견디는 나는 사계절 중 여름을 가장 싫어한다. 땡볕에 육수를 줄줄 쏟으며 툴툴대고 있자니, 아, 올해도 어김없이 왔구나. 한여름을 실감한다. 그럼에도 아주 밉지 않은 이유는, 이제는 이렇게 뜨거운 날씨가 되면 작년의 치열한 기억이 자연스레 재생될 것이기 때문이다.

까미노에 다녀온 지 벌써 일 년이다. 이번 책을 준비하며 글들을 하나하나 살펴보니 정말 얼마 전 다녀온 것처럼 생생하다. 이렇게 생생하게 기록해두길 잘했구나 하고 스스로를 칭찬하면서도, 벌써 한 해가 돌았다니, 시간이 이토록 빨리 지나갔구나 실감한다.

사실 뭐, 모두들 예상했겠지만 까미노 한 번 다녀왔다고 꼬인 인생이 술술 풀렸을 리 없다. 게다가 운동도 한 달 쉬면 근육이 다 빠지지 않던가. 까미노로 훈련된 것들도 한국에 돌아가고 한 달 만에 요요 현상이 찾아왔다. 총 15kg 정도 빠졌던 몸무게도 곧 원상복귀 수준으로 올라왔고, 다시금 틈틈이 자기불신에 빠졌으며, 자주 의지가 약해졌다. 그럴 때마다 '아, 까미노 다시 갔다 와야 되나?' 하는 것이 입버릇처럼 됐다.

그러나 아무래도 당분간 까미노에 다시 갈 일은 없을 것 같다. 돈이 없기도 하고(…), 굳이 그 길을 또 걷지 않더라도 까미노가 나에게 남긴 상징적인 의미로 효과는 충분하다. 살아가다 스스로를 믿지 못하고 외부의 것들에 크게 흔들릴 때, 나는 재빨리 까미노를 떠올린다. 내 스스로의 힘으로 고군분투하여 나의 한계 지점을 돌파했던 기억. 일종의 세이브 지점이 거기 있다. 어떤 챌린지가 되었든 공략하는 원리는 모두 같을 테니까.

그래서 이 책은 사실 내가 꺼내 보려고 세상에 나왔다. 의지가 약한 내가, 쉽게 무너지는 내가 마음이 힘들어질 때마다 꺼내서 보려고. 내가 걷는 이 길이 맞는지 불신이 들 때마다 꺼내 보려고. 지금 나에게는 이 상황을 이겨낼 초인적인 능력이 아니라, 끝까지 스스로를 믿어 내는 힘이 중요하다는 걸 상기한다. 이 믿음이, 이 책을 읽은 간접 경험으로 인해 독자 여러분에게도 생겨나길 바라는 마음이다.

근황 한 가지를 더 전하자면, 결국 나는 회사를 나왔다. 올해 초 복직 대신 퇴직을 선택했다. 까미노를 걸으며 내가 언젠가 홀로 설 운명이라는 것을 알아차렸고, 그 길에서 배운 것은 무모함이었으니, '퇴사'는 까미노가 내게 남긴 유산일 수 있겠다. 또 한번 덜컥 걸어보기로 한 거다, 내 인생을.

다만 주변 사람들에게는 어느 정도 그럴싸해진 다음 공개할 심산으로 몰래 길을 닦고 있었는데, 이 책이 나오면 모든 게 탄로 나겠군. 그것도 낱낱이. 말하자면 이 책은 출사표 같은 거다. 내 이름으로 세상에 나오는 첫 결과물! 더 이상 회사 이름은 없어요, 여러분. 저 이제 독립합니다! 이 자리를 빌려 선언해 둔다. 부디 당신이 이 책 마지막 페이지까지 다다른 것처럼, 나의 새로운 콤포스텔라를 묵묵히 응원해 주길.

무작정 걷다 보면 반드시 헤매기 마련이다. 모험은 언제나 다리보다는 가슴에 무리가 드는 활동이다. 막막한 감정이나 부정적인 마음과 싸워내는 일이다. 그러니 지치지 않기 위해서는 대담하게 스스로를 믿는 수밖에 없다. 여하튼 걸어보기로 결정했으니, 자빠지지 않으려면 치열하게 발을 내미는 수밖에 없다. 까미노가 가르쳐준 것처럼, 한 발 한 발, 하루하루, 차곡차곡.

그 끝에 무얼 보게 될지는, 걷다 보면 알게 될 테니!